ALEXANDRA GHEORGHE

ALEXANDRA GHEORGHE

AMANTELE TRECUTULUI

— ULTIMUL ZBOR —

Timișoara, 2018

Descrierea CIP a Bibliotecii Naționale a României
GHEORGHE, ALEXANDRA
  Amantele trecutului : ultimul zbor / Alexandra Gheorghe.
Timișoara : Stylished, 2018
  ISBN 978-606-94670-5-3

821.135.1

Editura STYLISHED
Timișoara, Județul Timiș
Calea Martirilor 1989, nr. 51/27
Tel.: (+40)727.07.49.48
www.stylishedbooks.ro

Imaginează-ți că aceste cuvinte sunt ca o fantezie. Una satisfăcută normal! Iar când citești cartea pe care eu ți-am scris-o, să-ți imaginezi că tu ești unul dintre personaje. Să știi că toate scenele sunt construite pentru tine, am făcut dragoste cu gândurile tale, iar apoi am dactilografiat, peste pagini simple, tot ce ochii tăi și-au dorit să citească.

Am devenit prilejul meu și al celor care și-au lăsat mintea pe mâna mea. Ce onoare, pot zice... și cât de multă încredere să fi avut atâtea suflete în dragostea mea pentru ei. O iubire oarbă care mă „forțează" să port o responsabilitate enormă peste umeri.

Îndrăznește să dai viață fanteziilor tale și să te regăsești în ceea ce eu ți-am transmis. Cum să-ți explic? Imaginează-ți cum te simți atunci când știi că aparții cuiva. Simți o ușoară durere, stimuli minunați, prețuire și ocrotire. Trupul îți este posedat și ai senzația că nu îți lipsește nimic în viață. Unele lucruri există pur și simplu. Sentimente, emoții, priviri indecente, viață monotonă, flirturi, pasiune, iar fanteziile împrumută din fiecare și completează. Oamenii care au fantezii nu se plictisesc niciodată. Pofta sexuală, indiferent de imaginea ei, ori că apare într-o liniște întunecoasă și seducătoare, ori pe paturi de fier, ori în adâncul sufletului, potolește trupul de frustrări și mintea de orgolii.

Mă gândesc deseori la fanteziile mele şi, de obicei, fiecare imagine mă răstălmăceşte. Sunt într-o cameră goală, iar ziua se îngână cu noaptea, perdelele îmi flutură prin gânduri, iar vântul îmi zbârleşte pielea. Mâini străine îmi înfăşoară talia, iar şoaptele lor mă cutremură. Sunt vie şi aparţin unei pulsaţii. Zvâcneşte sângele în vene, iar mintea uită de mine. Sunt goală cu excepţia sufletului împlinit...

Sunt o norocoasă să îmi aştern gândurile pentru tine, dragul meu cititor! Minţile noastre au început să se contopească acum câţiva ani, mai exact, trei, când, fără să stau pe gânduri m-am decis să dau startul unei dragoste naive. Au fost de toate: fluturi în stomac, stări de rău, zâmbete şi gânduri novice. Ne aflăm la „scrisoarea de dragoste" cu numărul cinci. Cinci scrisori am întocmit pentru tine şi-ţi mulţumesc pentru răgazul pe care mi l-ai oferit.

Primele două „scrisori de dragoste" s-au numit: Necunoscutul Partea I şi Necunoscutul Partea a-II-a. O poveste reală expusă în două cărţi pe care eu le-am numit „Povestea mea şi a voastră".

Următoarea „scrisoare" a fost în versuri şi ştiu că volumul cu rime „Aberez cu stil în catrene târzii" s-a potrivit uneori cu stările tale.

Iar ultimele două și nu cele din urmă, „Amantele Trecutului" și „Ultimul Zbor", povestea erotică a unor femei libere, Katia și Svetlana, doi îngeri care se iubesc cu furia unor demoni. Prima carte a fost de un erotism primăvăratic, acum urmează să fii sedus de o toamnă matură, sigură pe ea, cu arome și trăiri coapte, numai bune de savurat.

Am avut aproape oameni care mă iubesc, care au crezut cu tărie în cuvintele mele. M-au certat, mi-au șters lacrimile și fruntea de sudoare, m-au ambiționat și încurajat.

Mulțumesc și mă înclin duios în fața tuturor, fără ei, rândurile mele nu ar fi devenit fantezie;
Bogdan – Ai avut grijă de cuvintele mele, așa cum un îndrăgostit are grijă de iubita lui;
Marius – Fără sfaturile tale rândurile acestea nu ar fi prins un contur atât de frumos;
Editura Stylished – Visul meu în mâinile voastre înflorește;
Prieteni – Recunosc, sunt o hoață de sentimente. Am furat dragostea voastră și am făcut-o să fie vie pe vecie în aceste rânduri;
Părinți – Când eram mică îmi doream să devin medic. Voi ați încercat, știu, să mă faceți medic de oameni, dar dragii mei, cu ajutorul îmbrățișărilor voastre, eu am devenit medic de suflete.

AMANTELE TRECUTULUI
— ULTIMUL ZBOR —

Capitolul 1

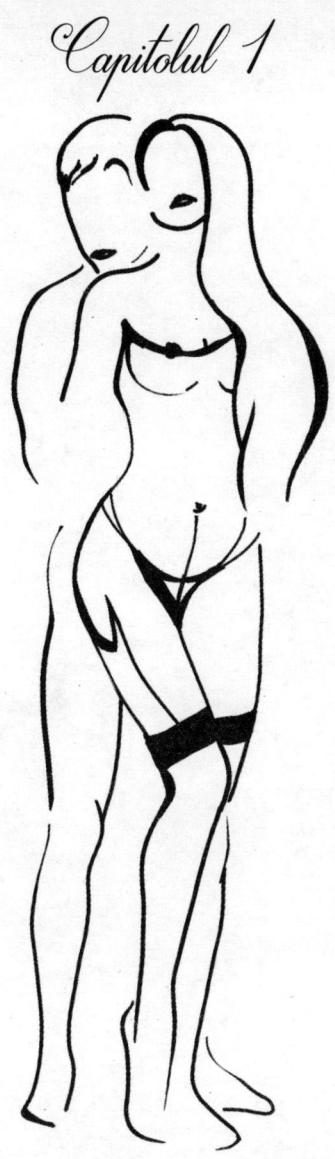

Pot fi amantă și iubită.
Pot fi un loc unde să speri,
Dar mai presus de toate, însumate,
Voi fi femeie, dragul meu.
Katia

Dintre o ură naivă şi una colocvială, eu întotdeauna am ales pacea. Nu pot urî, dar cu siguranţă nici nu pot să uit. Şed încă cu o mie de întrebări în minte pe canapeaua mea. Pierdută cu toate amintirile, cu mine peste unii şi alţii sau peste altele. Simt uneori că mă pierd în alte povesti, trag hain din ţigară, apoi fumul mi-l părăsesc prin cameră. Fumez mult în ultimul timp şi am început să fumez prin casă fără să îmi pese. Beau ce apuc: vin, whisky, votcă şi îmi spăl păcatele. Las puterea alcoolului să mă învelească, să fie ca o plapumă protectoare. Eu să mă adăpostesc cu totul sub ea, iar deasupra să-mi rămână fărădelegile, chinurile şi amintirile sorţii.

— Îmbracă-te! îmi spune el, făcându-şi intrarea în living. Poartă prosopul meu mare albastru în jurul bazinului, lăsând la vedere abdomenul bine tonifiat. Îmi permit să îl măsor, să-i zâmbesc acru, să îi privesc ochii negri şi chipul perfect, apoi să-mi lungesc de tot picioarele pe canapea. Sunt goală, iar ziua se îngână cu noaptea, se pecetluiesc acum amintirile şi vinul roşu începe să îşi facă efectul.

— De ce să mă îmbrac?

— Ţi-am zis că am pregătit o surpriză. Haide! La zece trebuie să fim acolo, îmi spune el hotărât.

Nu sunt prea curioasă, mereu mă duce la

restaurante scumpe, mă pune să mă îmbrac sexy, să-mi pun tocuri înalte și să mă parfumez strident. Sigur și acum va fi la fel.

S-a așezat lângă mine, iar cu o mână îmi prinde sânul drept. L-a cuprins cu toate degetele, apoi fin îl strânge și ușor îi dă drumul. Ca și cum s-ar fi jucat cu o pernă. Iar la sfârșit îmi pișcă sfârcul cu îndrăzneală fără să îi pese de senzațiile pe care mi le trezește în corp.

— Haide, Katia, du-te și fă duș, apoi alege-ți una dintre rochiile pe care ți le-am făcut eu cadou.

— Unde mă duci? îl întreb doar de complezență, sictirită și fără pic de chef.

— Ți-am zis că este o surpriză.

Închid ochii, îmi las capul pe spate și mi-l afund în perna care se asortează cu canapeaua mea din living. Trag puternic aer în piept, apoi îl dau afară printr-un oftat.

Îmi vine să oftez când inima mi se umple de grijă. Când mi se inundă venele de neputință. Când aerul s-a înghesuit în mine, când trebuie să-l dau afară, că în mine nu mai stă bine.

— Te rog Artur, nu vrei să o lăsăm pe altă dată?

— Nu! răspunde răspicat, ridicându-se brusc de lângă mine. Sunt sigur că o să-ți placă.

— Nu am o stare prea bună, mă cuprind

unele amintiri, nu știu dacă voi putea să mă bucur de surpriza ta pe deplin.

— Surpriza pe care ți-am pregătit-o se potrivește perfect, te va ajuta să ieși din ea. Hai, ridică-te!

— Nu! răspund îmbufnată, apoi îmi pun mâinile la ochi.

— Katia, de data aceasta te forțez.

Pe piele mi se înmulțesc broboanele și un fel de fior îmi taie șira spinării. Mă pătrunde o senzație ciudată, iar imediat simt cum mâinile lui puternice se strecoară pe sub spate, făcându-și loc între materialul grunjos al canapelei și pielea mea. Mă ridică brusc și-mi fixează corpul pe brațele lui. Este un bărbat teribil de încăpățânat și probabil cariera pe care o are își spune cuvântul la orice pas. Nu renunță ușor, întotdeauna are un cuvânt de spus. Nu este cel mai deștept bărbat pe care l-am cunoscut, dar are o sclipire, o inteligență aparte care m-a ținut lângă el aproape cinci luni.

Dă drumul la duș, apoi cu forța mă pune sub el. Nu am putere să îl refuz și nici să lupt ca în alte dăți cu încăpățânarea lui, așa că îi respect de data aceasta dorința. Sunt bine uneori în compania lui, iar faptul că niciodată nu renunță, cred că îmi forțează subconștientul și conștientul să rămân lângă el. Nu știu ce sentimente port în corp pentru Artur, dar știu sigur că încă se ține strâns să nu alunece din mine.

— Hai, continuă, vreau să privesc cum faci duș!

Lasă capacul vasului de wc în jos, apoi se așază pe el. Își încrucișează brațele la piept, tace și mă privește. Eu îmi strâng părul într-un coc sus, caut buretele roșu cu privirea, mă întind după el undeva sus, îl las să mă privească, potrivesc apa, aleg gelul lui de duș preferat, îl torn și-l combin cu apa, mă joc cu spuma lasciv, îl privesc în ochi, apoi mi-l întind peste tot. Frec, iar sub privirea lui excitată eu mă curăț de unele–altele. Simt oarecum cum mă umezesc. Îmi dă de înțeles că nu avem timp pentru sex, iar eu continui.

— Nu avem timp acum! vorbește înțepat, ca și cum mi-ar fi dat un ordin.

— Dar... și îmi poziționez mâna între picioare, dându-i de înțeles că îmi doresc măcar să mă guste.

— Promit că diseară... îmi zice serios în timp ce îmi privește corpul excitat.

— Doar puțin. Și îmi plec capul într-o parte, iar buzele mi le țuguie cu speranța că voi obține ceea ce îmi doresc.

Se ridică și se apropie de mine, îmi ridică piciorul stâng pe marginea căzii, iar printr-un sărut lung și pasional mă desfată puțin, apoi se retrage.

— Atât? îl întreb dezamăgită.
— Ți-am promis că diseară vei avea parte de mai mult.

O lună a amintirilor, așa am numit luna mai. Aerul condiționat este pornit aproape toată ziua pentru că Artur nu suportă căldura. Uneori îl închide pentru ca eu să stau dezbrăcată. Știe că îmi place să umblu goală prin casă când este cald. Mă leagă cugetările de această lună, iar un chin groaznic se îmbulzește în corpul meu. Fix acum un an o poveste începuse, o poveste pe care eu nu am uitat-o, un nod strâns pe care, dacă mă chinui să îl desfac, nicidecum nu reușesc. Am încercat cu dinții și cu unghiile, i-am dat voie timpului, vieții să șteargă, dar nimic... povestea tot acolo rămâne. Când mi se face dor, o citesc, este scrisă pe paginile mele albe. Ce proastă sunt uneori, îmi doresc să uit o poveste scrisă de mine, o poveste ce are coperți pe care toată lumea o citește. Mă aflu odată cu toate aceste gânduri în fața dressingului. Aleg o rochie neagră, scurtă, sandale aurii simple cu baretă subțire la nivelul degetelor și accesorii să completeze ținuta. Dușul m-a ajutat să îmi revin cât de cât, dar nu să și uit. Este ora nouă, iar Artur deja s-a îmbrăcat și așteaptă să fiu gata. Îmi fixez sandalele cu toc de zece centimetri în picioare, caut plicul adecvat, arunc acolo rujul roșu, parfumul, telefonul și o parte din farduri, apoi îl anunț nepăsătoare că sunt gata. Mă îndrept spre ușă și îl aștept să vină din balcon. Vorbește la telefon cu cineva, parcă în interes de serviciu, dar nici nu mă interesează. Termină repede, apoi se îndreaptă spre mine. S-a îmbrăcat frumos, o cămașă albă, cu pantaloni gri, iar în picioare mocasini din piele întoarsă, bej. Deschide ușa, apoi îmi face loc să ies. Nu vorbim nimic și parcă un soi de emoție se zvârcolește în ambele corpuri. Simt că este agitat, iar faptul că se frământă încontinuu îl dă de gol. Mă gândesc pe fugă oare ce s-a întâmplat, refuz să îl întreb, iar în secunda următoare îmi spune.

— Sper să îți placă surpriza.

Nu îi spun nimic și intru repede în mașina lui aflată în parcarea de la subsolul blocului. Miroase urât aici, un aer greu, pe care niciodată nu l-am suportat. Motorul puternic impulsionează starea, își fixează mâna pe volan, iar cu privirea caută ieșirea din subteran. Nu vorbim deloc, de parcă între noi deja alte organe discută. Deși cuvintele nu ne ies pe gură, iar buzele nu le mimează, simt cum alte părți din noi poartă o conversație. Par să fiu relaxată, o palpitație puternică îmi grăbește inima. Aș vrea să aflu de ce și unde își dorește să ajungă, îl întreb în surdină ce se întâmplă, iar fără un răspuns clar, corpul meu continuă să sufere schimbări. Parcă intervine și un tremur, un nod în gât, și multe alte schimbări pe care eu nu le înțeleg. O legătură strânsă cu el, iar mințile noastre parcă se contopesc într-o partidă de sex sălbatică.

 Ajungem la destinație. O casă albă, frumoasă, fără etaj și cu acoperiș negru îmi servește drept imagine. Un tablou romantic și suspicios. Vine și îmi deschide portiera, iar apoi îmi ia mâna și mă ajută să cobor din mașină. Poarta casei este deschisă, iar inima mea își continuă galopul, acum parcă din ce în ce mai intens. Încerc să nu-mi prezint emoțiile în fața lui, iar cu o tărie debordantă pășesc sigură pe mine la brațul lui spre ușa casei. O deschide el de parcă ar ști unde să meargă și ar cunoaște locul acesta de o veșnicie. Nu întreb nimic, iar Artur mă ține de mână. Toată casa este luminată difuz. Un parfum puternic îmi schimbă ipostaza într-o altă poveste și trezește în mine un soi de excitație. Trecem printr-un culoar lung, iar pe pereți observ fugitiv, în ceață, tablouri nud cu bărbați și femei, poziții sexuale și imagini erotice. Nu apuc să-mi pun întrebări prea multe în gând, că deodată mă trezesc în fața unei femei frumoase, blonde, care se află după un fel de birou care ține loc de recepție.

 — Am o rezervare pe numele Artur pentru ora zece. Vorbește el încet cu blonda foarte zâmbitoare îmbrăcată sumar. Îi admir sânii fermi care se aflau sub o bluză semitransparentă, salivez puțin după sfârcurile ei maronii, apoi se ridică și ne conduce într-o altă cameră. Pe jos este o mochetă moale, de culoare roșie, iar tocurile mele se îneacă oarecum în ea. Deodată ajungem într-o cameră unde vreo zece femei frumoase ne așteptă. Muzica ne acompaniază în surdină pe ritmuri erotice, iar eu rămân puțin stupefiată de imagine.

— Alege! îmi șoptește el obscen la ureche.

Să aleg? bolborosesc eu în gând, iar apoi ca un robot respect ce el îmi poruncise.

Pun ochii pe o brunetă focoasă, care pare să aibă sâni mici, iar apoi observ că și el alege o altă brunetă înaltă de unu optzeci. Nu mă opun și onorez toți pașii pe care el mi-i prezintă. Bruneta vine lângă mine și mă ia de mână, iar femeia aleasă de el se duce și îl acompaniază. Ne însoțesc pe niște scări înguste, vreo zece la număr, iar la un moment dat o buclă ne conduce spre o altă cameră separată printr-o perdea semitransparentă. Ei își croiesc drum după perdea, iar eu rămân cu femeia fină înaintea materialului. Artur păstrează contactul vizual cu mine, iar eu admir pentru câteva secunde camera extrem de romantică și femeia care îmi spune:

— Eu sunt Alice! apoi îmi zâmbește frumos. Are pe ea doar un halat alb, iar când își desface nodul eu mă transpun în trecut şi văd în femeia aceasta frumoasă, iarăşi, chinul meu. Lasă la vedere un corp creol cu forme bine definite, iar lumina difuză permite umbrelor să-i contureze trupul. Sânii nu îi sunt mari, dar nici mici cum mi-i imaginam eu. Formează o cută fină sub ei, iar sfârcurile par a fi de mamă, par a fi supte de un prunc. Sunt mari, iar maroul lor diferă de cel al femeilor care nu au devenit mame. Îi admir naturaleţea, labiile dintre coapse şi talia ascuţită, apoi mă întind după cum îmi şopteşte, pe salteaua lată şi foarte moale. Îmi acoperă fesele cu un prosop căruia eu nu îi văd rostul, apoi, uşor, începe să-mi maseze pielea. Pătrund într-o lume excentrică, iar prin perdeaua transparentă văd cealaltă femeia care îl masează pe Artur. El are ochii închişi, iar uleiul îi scoate în evidenţă muşchii tonifiaţi. Ea stă în genunchi lângă el, pe partea dreaptă, iar la mine pe partea stângă. Uneori analizez, alteori gem. Palmele ei mă inundă, iar fineţea femeii mă răscoleşte profund. Simt saliva de prea multe ori cum îmi inundă gura, o înghit sec, iar apoi ca un reflux, revine iar. Dinţii muşcă buzele, iar tot ce se întâmplă devine înălţător. Spatele meu i-a servit introducerea, apoi coapsele au acompaniat. Îşi depărtează picioarele, iar în unghiul lor îmi primeşte corpul excitat. Sânii moi şi-i propteşte peste spatele meu şi prin mişcări circulare mă freacă cu dorință. O aud cum geme și prin sunete fade își șoptește atracția. Mă cuprinde cu mișcări pronunțate și apăsate, iar eu uit de ce sunt aici. Plăcerea mă transpune și într-o clipă eu mă pierd:

— Amanta perfectă!

Ea aude, dar nu știe, îmi înțelege cuvintele vag. Fină și senzuală îmi întoarce corpul cu fața în sus. Privește provocator, ochii ei îi văd verzi, iar culoarea lor reală nu mă interesează. O văd lascivă și excitată, iar starea ei teatrală mă depășește. Îi cunosc rolul, iar într-un moment renunț la scena pe care a alcătuit-o. O pătrund rapid cu degetele, dar ea încearcă să mă refuze și, fără să ascult, o trag hain spre mine și-i apuc între buze sfârcurile. Închide ochii și geme, iar relaxarea a devenit acum reciprocă. Părul negru îi mângâie spatele și fesele, o gâdilă și-i ascute plăcerea. De dincolo de perdea se aud gemete puternice. Artur este cu fața în sus, iar penisul tare dă de înțeles că se simte bine. Îmi înțelege pasiunea odată ce ochii noștri se intersectează, iar odată cu ei îmi dă de înțeles că și-ar dori să merg la el. Îl ocolesc, iar pe ritmul muzicii erotice, dau voie pasiunii să mă cuprindă. Știu că în astfel de scene, sexul este interzis și că acest masaj erotic rămâne doar la ideea de plăcere, fără finalizare, penetrare sexuală. Un dans erotic în care eu mă scald, iar lipsită de bariere profit, atât cât îmi permite această siluetă, de corpul ei.

Artur îşi primeşte masajul final, iar organul său gros este mângâiat lasciv de buzele şi limba umedă a domnişoarei căreia încă nu am reuşit să îi desluşesc privirea. Încă mă priveşte, sau ne priveşte, iar într-un moment în care această muză a eroticului îmi suge sfârcul stâng cu sete, Artur finalizează şi îşi eliberează pasiunea peste abdomen. Eu nu reuşesc să ajung la orgasm, iar printr-o privire rapidă la ceasul electronic poziţionat într-un colţ al camerei, această siluetă îmi dă de înţeles că suntem aproape de final.

— S-a terminat? o întreb oarecum dezamăgită.

— Mai este puţin! îmi răspunde cu zâmbetul pe buze, semn că dacă îmi doresc pot să mai stau cu ea, dar, probabil trebuie suplimentat cu bani.

— Katia, dacă vrei, poţi să rămâi, îl aud pe Artur de dincolo.

— Nu, a fost splendid aşa, îţi mulţumesc pentru surpriză! Chiar mi-a făcut bine.

Sunt încă pe saltea, iar femeile zâmbesc când aud că îi mulţumesc. Par să nu fie surprinse de gestul lui, eu înţelegând din grimasele lor că există cupluri care procedează aşa.

Mă ridic şi eu de pe saltea, analizez camera

acum parcă mai rece decât atunci când am intrat în ea. Lipsită parcă de farmecul de început, ea adăposteşte o gama largă de tablouri şi jucării sexuale. Le analizez pe rând, în timp ce mă îmbrac, iar apoi, un sărut cald simt pe gât şi mâinile lui pe talia mea îmi reînvie starea.

— Ştiu, încă nu eşti satisfăcută pe deplin, dar de acum urmează partea frumoasă, acasă.

Zâmbesc, iar după un sărut scurt, coborâm scările pe care le urcasem acum două ore. A trecut repede timpul, iar miezul nopţii mă împlineşte oarecum. Mi-a făcut bine această schimbare de cadru, iar ideea lui chiar s-a potrivit perfect plăcerilor mele. Se opreşte în faţa recepţionerei cu sânii la vedere care zâmbeşte asemenea unei păpuşi, îşi scoate portofelul din buzunarul de la spate al pantalonilor, caută acolo câteva bancnote de o sută, apoi îi achită.

— Cum v-aţi simţit? întreabă ea, rotunjindu-şi buzele cărnoase unse cu ruj roşu.

— A fost foarte bine, mulţumim! Am trăit o experienţă plăcută, poate o să mai revenim.

— Poate! completez eu grăbită. Nu îmi place să fac planuri sau să afirm că voi mai reveni într-un loc unde deja am alcătuit multe amintiri. Ador locurile noi, îmi place să descopăr şi să evit cât pot de tare monotonia.

El mă fixează, îşi ţinteşte ochii negri asupra

ochilor mei, mă cuprinde cu ei înălțător de parcă m-ar fi legat de inima lui cu o sfoară pe care nu voiește să o dezlege. A început să mă iubească și încă nu știu dacă este bine sau nu. Un gol îmi apasă stomacul, iar o sumedenie de sentimente se îmbulzesc în corpul meu. Sunt bulversată, iar gândurile din capul meu nu îmi permit să-mi depășesc trecutul.

Mă ține de mână la fel de strâns și mă conduce galant spre mașină. Ne sincronizăm pașii, iar tocurile mele completează liniștea ce se așază între noi. Gândim separat, dar sunt sigură că nu diferit.

— Ce ți-ai dori să facem? mă întreabă el în timp ce îmi deschide portiera mașinii albe.

— Cred că mi-aș dori să beau. Mi-ar plăcea să alegi un loc liniștit, apoi să mergem acasă și să continuăm ce am început aici. Îmi ești dator! Apoi îi zâmbesc.

Cu mâinile poziționate pe volan privește în gol afară. În ochi i se oglindește pasiunea, iar negrul lor mă excită de fiecare dată. Zâmbește rar, iar când o face parcă reușește să-mi strecoare pe sub piele mici fiori. Când îi simt, mă sperii, iar cu forță încerc să îi înving.

— Mereu îți voi rămâne dator!
— Cu ce?
— Probabil cu iubire.

Brusc, scaunul mașinii începe să emane flăcări, iar corpul meu să găzduiască un infinit de zvâcniri. Mi-e teamă, cald și frică. Mi se zguduie capul, iar ochii mi-i simt umezi. Orice femeie ar putea fi fericită când ar auzi un asemenea răspuns. Iar eu? Eu nu simt nimic și nici nu mă mai pot bucura de nimic, nici măcar de mine.

— Iubirea pe care mi-o datorezi tu s-ar putea să fie una amăgitoare. Nu crezi? Ai grijă să nu pierzi.

— Ce să pierd?

— Să irosești. Cred că mai corect este așa.

— Katia, risc, irosesc, trăiesc. Știu că tu nu ești pregătită pentru asta, dar eu sunt, iar sentimentele mele pentru tine sunt reale. Poate ai să le accepți cândva.

— Tu accepți, iar eu nu știu să mă bucur. Sunt oare demnă de tine?

Își dezlipește mâna dreaptă de pe volan, iar apoi o caută pe a mea. Piciorul meu adăpostește acum un puseu al iubirii neîmpărtășite, sau poate neînțeleasă de mine. Preț de câteva secunde poposește acolo, trimite în corpul meu energia lui, apoi printr-o mișcare rapidă începe să butoneze computerul mașinii pentru a căuta muzică. Pune ceva antrenant, iar apoi apasă butonul de start. Forța ei îmi răscolește interiorul și aproape că mă face să țip. Trece cu repeziciune de bulevardele mari ale oraşului puternic luminat, iar apoi intră pe străduţe mici spre barul meu preferat.

Acolo mergem mereu, este un local cochet, micuţ, cu muzică live. Am început să evit locurile aglomerate, cum ar fi cluburile mari şi luxoase. Cartea pe care am publicat-o acum câteva luni a avut un succes neaşteptat, iar locurile în care oamenii mă cunosc prefer să le evit. Îmi doresc intimitate, să stau departe de oameni şi clasificări, etichete şi cârcoteli. Şeful barului este prieten cu Artur, aşa că aici mă simt în siguranţă.

Un aer greoi mă izbeşte după ce îmi deschide portiera maşinii. Se aude muzica din încăperea difuz luminată, iar mirosul neplăcut de canal aproape că mă ameţeşte. Îmi oferă braţul şi repede mă conduce în bar.

Un soi de sentimente plăcute invadează mintea şi locul. Poate că energia muzicii, poate că el, poate că eu, nici nu ştiu. Încerc să-mi răscolesc în corp şi să mă caut, iar printr-o deschidere forţată a uşii din lemn, mă găsesc brusc, pe un scaun înalt şi cu un pahar de vin în mână.

Sunt o combinaţie între el şi alcool, o fatală pasiune a mâinilor lui îmbâcsite uşor cu miros de ţigară, iar vinul de pe buze şopteşte cuvintele dinainte să le rostesc. Ochii fixaţi şi pupilele mărite hain anunţă parcă disperat că mă vrea. Scaunele înalte din lemn masiv cu spătar ne ţin trupurile, iar barul se îneacă într-o forfotă frumoasă. Din când în când mai şi vorbim, iar uneori mă şi atinge, nepăsându-i de oamenii care ne privesc. Parvenit şi hoţ de sentimente, îndrăzneşte să-mi violeze mintea, să pătrundă acolo pe nesimţite, iar în văzul tuturor să mă dezgolească. Să mă prezinte oamenilor plină de farmec, cu zâmbetul larg şi fără îndoieli. Nu îi păsa de nimic, iar cu o siguranţă nemaiîntâlnită de mine mă lasă doar cu inima la vedere. O inimă frumoasă care zvâcneşte haotic spre o fericire efemeră, o inimă ce-mi pulsează sângele misterios spre pasiune. Ce mârşăvie, ce magie îmi întinde acest intrus? Ce-mi pregăteşte şi până unde crede că se poate juca cu mine atât de iscusit?

    Mă surprinde mereu cu vorbele puţine, iar zâmbetul mi-l trânteşte exact atunci când trebuie. Nu exagerează, iar pe ritmul muzicii vechi dansează cu mintea mea. Deja m-a mângâiat cu ochii de mai multe ori decât a făcut-o cu mâinile şi, parcă, o face din ce în ce mai bine. Parcă mă urcă şi mă coboară, parcă-mi linge deja pielea înfometată după buzele îmbibate în vin şi, parcă, deja am făcut sex de prea multe ori. Parcă m-a obosit şi m-a liniştit, m-a enervat şi m-a făcut fericită.

    Muzica mă caută prin toate colţurile barului şi mă găseşte orgasmic şezând. Rochia decoltată prea mult, iar gândurile-mi sunt la vedere. Cobor ameţită şi încerc să îmbrăţişez melodia preferată. Dansez aşa cum îşi doreşte, privesc pe furiş printre şuviţele de păr ondulate, mă muşc de buze, inspir şi expir. Podeaua din lemn mă primeşte şi cu nesimţire îmi afund tocurile ascuţite în ea. O împung cu dragoste, ştanţez acolo misterul şi-l las să învăluie toată încăperea.

Încerc să mă desprind de tot, dar o sete perfidă de el mă potoleşte. Mi se desprinde doar pasiunea, o rup de mine în tăcere şi pe ritmuri bine alese o alung spre el... Mă caută printre notele muzicale, iar pe un portativ important, decolteul rochiei mele compune feeric dansul nostru...

Acum simt că nu îmi lipseşte nimic. Poate că vinul mă completează, sau poate el. Sunt ca o carte de joc, îmi joc senzualitatea ca pe cea mai valoroasă carte, respect regulile feminităţii, iar erotismul îl pot divulga acum ca pe un mister, unul care mă ajută să îmi recapăt încrederea de sine.

— Zâmbeşti mai mult în seara asta. Îmi place şi mă bucur că am reuşit să fac asta.

— Mmm, nu te amăgi! De unde ştii că tu ai reuşit?

— Pentru că vinul doar te completează, eu te împlinesc, iar zâmbetul tău nu poate trişa şi nici nu poate ascunde. Am început să te cunosc.

— Da, ai început? Nu crezi că e prea devreme? întreb eu în timp ce, cu mișcări provocatoare, conturez cu degetul arătător rotundul paharului de vin. Alunec fără grijă în ochii lui, simt că acolo sunt protejată și în siguranță.

— Nimic nu este prea târziu sau prea devreme. Totul pentru mine este prezent, iar pe tine te pot numi așa, prezentul meu.

— Ai grijă! Știi că avem un trecut tumultuos împreună.

— Avem, da! Avem niște amintiri neplăcute, dar faptul că le-am avut împreună cred că ne-a unit.

— Știi, uneori mi-am dorit să renunț la tine, doar pentru a uita.

Vinul începe să scoată la suprafață fapte și vorbe nespuse. Mă răstălmăcește, îmi creează liniște și mă ajută să vorbesc.

— Și de ce nu ai renunțat? mă întreabă el ușor agitat.

— Nu știu, ceva intens mă ține lângă tine. Nu mă întreba ce, pentru că nu am căutat răspunsuri.

— Ai să le cauți vreodată?
— Nu!
— De ce?
— Pentru ca îmi doresc să mi le găsești tu.
— Katia, eu ți le-am găsit de mult timp. Poa-

te că ar fi momentul după atâta timp să te laşi dusă de vâsla mea.

Încep să râd.

— Nu mă pot lăsa condusă de nimeni, ştii bine asta.

— Ştiu! Ştiu că eşti o femeie puternică, iar pe tine nimeni nu te poate cârmui. Dar măcar dă-ţi o şansă, sau, mai bine, dă-ne o şansă.

— Şansa noastră este una singură. Îi răspund sigură pe mine.

— Ştiu.

— De unde ştii?

— Pentru că ea locuieşte în tine, iar eu la orice pas o simt. De ce nu o suni? De ce nu vrei să vorbeşti cu ea?

— Cu cine? Cu şansa mea?

— Da, fix cu ea.

Mă cuprinde o stare de agitaţie şi mi-aş dori să pun capăt acestui dialog repede, dar realizez într-un sfârşit că această discuţie îmi face bine şi, poate că, ar fi potrivit să renunţ la încăpăţânarea mea.

— Nu cred că vrea ea. Îi răspund dezamăgită. Las paharul cu vin pe barul din lemn masiv, apoi îmi îndrept privirea spre nicăieri.

— Ai încercat?

Ridic privirea şi caut dorinţa din ochii lui. Observ ceva deosebit, o pasiune care îmi divulga adevărul. El chiar își dorește ca eu să fiu fericită și să îmi recapăt personalitatea. Realizez unele lucruri în momentul de față chiar dacă alcoolul îmi bântuie prin minte. Accept că nu sunt singură și că mă pot baza pe el în orice secundă. Fericirea care mă încearcă acum îmi dă senzația de tremur, un tremur lăuntric pe care abia îl pot stăpâni.

— Ce să încerc?

— Haide, Katia, gata cu acest joc trist și cu aceste drame. Nu ți se potrivesc. Tu ești o femeie puternică și completă, iar ce ai devenit acum, delăsătoare, aproape alcoolică, nepăsătoare, să știi că nu ți se potrivește. Nu ești tu...

— Da, nu sunt eu, pentru că o parte din mine se află în alt loc.

— Vorbești prostii. Dacă ai căuta, ai găsi, dacă ți-ai dori, ai ajunge acolo unde vrei.

— Suntem beți, nu cred că discuția noastră...

— Suntem doar puțin amețiți, iar eu cred că discuția noastră chiar duce unde trebuie. Te complaci, sunt dispus să te ajut, dar vreau să îți dorești și tu asta.

— Ce să îmi doresc?

— Să scapi naibii de toate amărăciunile din capul tău. Știu că am avut o perioadă grea, știu că oamenii pun presiune pe tine, că procesul te-a speriat oarecum și că ți-a modificat starea. Dar nu poți continua așa o veșnicie. Dacă vei continua în acest fel o să ajungi să devii altcineva. Asta iți dorești?

— Acum nu mai știu ce îmi doresc.

— Vezi!?

— Nici măcar visuri nu mai ai! Nu crezi că ar fi cazul să recurgi la o schimbare?

— Schimbare? Ce schimbări crezi că mai pot face eu acum când deja am schimbat atât de multe?

— Katia, viața ta abia a început, iar ce s-a întâmplat până acum poate fi pentru tine apogeul. Atinge-l cu degetele, lasă-l să te completeze, renunță la remușcări și cotrobăie în tine. Salvează-te și bucură-te de viața care urmează. Ești o femeie frumoasă de succes, o scriitoare, un editor care lucrează la o editură importantă, și teribil de inteligentă, iar eu nu cred că un amărât care a murit de bună voie te poate dărâma. Ești mult prea puternică pentru a lăsa viața să te păcălească.

— A murit de bună voie... da. Completez eu...

— Da, așa s-a întâmplat. Și-a dorit asta, iar tu știi foarte bine. Vina nu este a noastră, ci a lui.

— Artur, nu mă interesează atât de mult moartea acelui nenorocit, cât mă interesează și mă doare cumplit despărțirea de Svetlana.

— Să nu te doară. Cât de curând vă veți întâlni.

— De unde știi?

— Știu eu, simt asta.

— Mda... și eu simt multe, dar nu mi se mai împlinesc cum se împlineau cândva. Îmi este dor de ea, măcar să o văd. Îmi doresc tare mult să mă ierte. Acum un an s-a înfiripat între noi o idilă, fix în luna mai când ea a plecat în alt oraș.

Mă simt amețită, iar vinul parcă își pune amprenta și mai tare peste dorul meu pentru ea. Simt cum ochii mi se inundă, iar lacrimile amare îmi sărută buzele. Le primesc ca și cum aș primi-o pe ea, ca și cum sărutul ei m-ar liniști.

— De ce plângi? mă întreabă Artur în timp ce cu mâna dreaptă îmi atinge obrazul umed. Îmi șterge lacrimile, apoi mă ia în brațe.

— Pentru că în mine s-a format un lac. Un lac plin de dor. Iar acum debitul a crescut, a ajuns la limită.

Oftez, iau o gură de vin, apoi realizez cât de bine este în brațele acestui bărbat. Mă privește frumos, înțelege și mă acceptă așa. Cu dorul crescând în mine pentru o femeie, o iubire diferită, un sentiment pe care nu cred că-l voi trăi vreodată cu altcineva. Muzica din bar, acompaniază. Un jazz lent dansează cu dorul și lacrimile mele. Nu am mai plâns de mult timp, de când Svetlana a decis că ar fi bine să nu ne mai vedem. Imediat după vacanța din Franța drumurile noastre s-au separat, iar eu de atunci nu mai știu nimic de ea. Am încercat de câteva ori să vorbesc cu ea, dar încercarea a fost inutilă pentru că nu a răspuns la telefon. Durerea este cruntă și mă apasă, mă doare carnea de dorul ei, iar uneori simt cum oasele mi se rup. Ce iubire, ce sentiment puternic a ajuns să-mi cotropească trupul. Ce chin și câtă lipsă...

— Încearcă să o suni, aud deodată vocea bărbătească cum mă presează.

— Degeaba... nu va răspunde.

— Dacă încerci nu se întâmplă nimic. Poate și-a mai revenit. Poate te-a iertat, nu crezi?

În mâna dreaptă îmi țin paharul cu vin, iar cu cealaltă mă mângâi pe față. Tremur uneori, iar atunci când Artur mă atinge simt că mă liniștesc. Căldura palmelor lui sunt liniște și echilibru pentru mine.

Capitolul 2

Femeia îndrăgostită de un bărbat este cu adevărat fericită atunci când el o ajută să-și iubească propria conștiință.
Katia

Desface fermoarul rochiei cu o fineţe covârşitoare. Atât de fin de parcă palmele lui s-ar asemăna cu o pană. O mângâiere subtilă care îmi atinge pielea şi face ca tot ce se află dincolo de ea să devină excitant. Sunt încă în picioare, încălţată cu tocurile. Rochia şi lenjeria intimă neagră se află deja jos, iar buzele şi limba lui dau târcoale spatelui meu. Întreţin pasiunea care se înfiripă între noi printr-un dans obscen. Îi masez cu fesele organul tare şi gem. Cu spatele arcuit îmi unduiesc corpul tensionat de sus până jos, iar când mă ridic am grijă ca tot ce ating să trezească. Mâinile mi le plimb peste corp şi fără să greşesc îmi continui dansul senzual aşa cum îşi doreşte. Îmi simt vaginul cum zvâcneşte şi inima cum întreţine starea, respir repede, iar tot ce s-a înfiripat acum între noi mă forţează să gem provocator. Cuprins de dorinţă îmi întoarce brusc corpul cu faţa spre el şi-mi cuprinde chipul cu palmele, apoi, îmi înşfacă buzele cu ale lui. Limba sa mă relaxează, iar masajul pe care el îl acordă acum sânilor mei este înspăimântător de excitant. Mişcarea mâinilor lui peste pielea mea, rapidă şi fără bariere îmi constrânge corpul să se zvârcolească. Tremur, iar atunci când ajunge acolo unde plăcerea provocată de el se scurge, intensitatea mişcărilor mele se aprofundează. Îmi masează labiile fin şi în timp ce-mi susţine corpul înfierbântat cu brațele, gâtul meu primește săruturi care-mi împing starea spre una euforică în care eu pretind că uit de mine. Las corpul dornic de sex în grija lui. Cu mișcări tandre și blânde îmi întinde trupul pe pat. Admiră freamătul pe care el l-a provocat și dorința care-mi urlă tacit, îmi soarbe din priviri formele, apoi începe din vârful degetelor de la picioare să-mi întețească plăcerea. Devin un vulcan care în orice clipă ar putea să erupă, iar felul domol în care el „mă chinuie" aproape că-mi înnebunește mintea și interiorul. Izvorăsc continuu și el nu se lasă până nu îmi simte extazul dus la extrem. Mă zbat, țip, iar într-un moment în care simt că excitația sexuală atinge punctul culminant, îl rog din gesturi să mă pătrundă. Vreau să-i simt membrul tare și înfierbântat cum îmi atinge pereții vaginului. Să-l desfete cu mișcări puternice și dure.

— Ești neliniștit de fierbinte, Katia!

Cuvintele lui mă provoacă și ca drept recompensă îmi intensific rolul. Mă transform din femeia blândă în ceea ce el și-ar dori să îmblânzească. Încep să-mi las extazul să explodeze și îl îndemn prin mișcări ferme să mă penetreze așa cum corpul meu își dorește, adânc și brutal, oferindu-i ca drept poziție cea în care genunchii și palmele mi se adâncesc în așternuturi. Spatele mi-l arcuiesc, primindu-i în mine bărbăția. Loviturile lui mă neliniștesc și-mi provoacă senzații pe care nu le pot stăpâni tăcând. Îmi eliberez plăcerea pe care mi-o cauzează prin sunete lungi, pline de imbold erotic. Orgasmul se apropie, iar el mă simte. Îmi întoarce rapid corpul și mi-l proptește pe brațele lui. Îmi suge sânii cu poftă conducându-mă într-un dezmierd total spre final. Îmi eliberez corpul de patimi printr-un tremur care pe el îl îndrumă fără răgaz spre momentul în care sentimentul de descărcare devine simultan cu al meu. Răsuflăm ușurați și ne odihnim trupurile iscoditoare de patimă într-o îmbrățișare relaxantă.

*

Dimineață m-am trezit singură. El plecase la ora cinci dimineața la serviciu. O intervenție sau ceva de genul îl trezise. Meseria de polițist nu este una ușoară, iar Artur devenind de curând comisar, trebuie să fie prezent la datorie atunci când este sunat.

Poate chiar așa este, nimic nu este întâmplător. Ce timp hain și năstrușnic a ajuns să mă invadeze. Am ajuns să-l cunosc pe acest om în urma unei povești de viață și de moarte, iar de atunci nu s-a mai dezlipit de sufletul meu și nici eu de-al lui. Nu știu încă ce se întâmplă între noi, dar cert este că nu mă pot distanța de el.

Este duminică dimineața, iar soarele încălzește dormitorul mult peste temperatura acceptată de corpul meu. Sunt dezbrăcată, dar și așa mi se pare că este prea cald, așa că hotărăsc să mă ridic din pat pentru a da drumul la aerul condiționat. În drum spre telecomandă îmi aduc aminte că am făcut dragoste cu el și că tot ce s-a petrecut azi–noapte m-a făcut să mă trezesc fericită. O fericire de care sunt conștientă...

Îmi pun muzică, iar în pași de dans mă îndrept să-mi fac cafeaua. Apăs butonul, apoi aștept cu ochii în telefon ca ceșcuța preferată de cristal să se umple. Tot felul de gânduri mi se îmbulzesc în minte, iar printre ele, vorbele spuse de Artur la bar nu îmi dau pace. Mă gândesc dacă ar mai merita o încercare, iar inima îmi spune că da. Încep să am emoții și inima să-mi lovească cu putere pieptul. Ca și cum bătăile ei m-ar certa. Deși sunt cu telefonul în mână îmi vine să-l las pe blatul din bucătărie din cauza emoțiilor. Mă încăpățânez, intru în agenda telefonului, caut litera S, bifez numele preferat, apoi sun, iar după trei apeluri, aud vocea ei ca într-un vis.

— Alo... fină și suavă, așa cum o știu eu.

— Ce faci, Svetlana? o întreb direct. Sunt Katia...

— Știu cine ești...

— Ah... știi!

— Da, nu ți-am șters numărul încă.

— Încă? o întreb eu aproape disperată.

Simt orgoliul din glasul ei cum se luptă cu dorul de mine. Mă gândesc pentru câteva secunde dacă dorul o apasă, iar în următoarele realizez că da...

— Da, încă. Dacă mai insiști mult să mă suni, s-ar putea să te blochez.

— De ce să mă blochezi?

— Pentru că vreau să te uit.

— Ce? Încă nu m-ai uitat? îi șoptesc eu pe un ton hazliu încercând să anim puțin conversația.

— Katia, de ce m-ai sunat?

— Pentru că mi-e dor de tine... Mi-aș fi dorit să-i zic, toanto, dar mi-e frică să n-o sperii...

— Să-ți fie, mie nu mi-e... afirmă pe un ton încet.

— Am impresia că mă minți. Nu vrei să ne vedem? Când vii în Orașul Nou?

— Sunt deja aici.

— Ce? De când? Când aud că este deja în oraș parcă ziua mea devine și mai frumoasă. Emoții de tot felul mi se lovesc de stomac.

— Nu te interesează pe tine, răspunde ea îmbufnată și pe același ton sictirit.

— Hai să ne vedem la o cafea! Pot veni unde vrei tu. Știu că par insistentă...

— Pari foarte insistentă, tu nu erai așa. Ce

se întâmplă cu tine? Simt un soi de îngrijorare în vocea ei.

— Svetlana, știi că eu nu mint. Îmi este al naibii de dor de tine, vreau măcar să te văd, dragoste știu că nu vrei să mai facem vreodată. Îi răspund sinceră.

— De fapt ai rămas la fel, bâiguie ea dezamăgită.

— Știi foarte bine că tu mă schimbi, lipsa ta mă schimbă...

A urmat o pauză de câteva secunde, timp în care eu am luat o gură din cafeaua răcită și i-am ascultat respirația. Las emoțiile și tot ceea ce vocea ei creează în corpul meu să mă năvălească.

— Este ora nouă jumătate, la două voi fi la o cafenea. Îți voi trimite adresa printr-un mesaj.

— Svetlana, atât de ușor?

— Ce? Atât de ușor?

— Nimic, lasă, mă bucur că în sfârșit ne vom vedea, după cât timp?

— Nu contează, o zi frumoasă! îmi răspunde țâfnoasă apoi închide.

Simt o schimbare majoră în vocea ei, dar tot ce contează acum este că ne vom revedea. A acceptat foarte ușor această revedere, iar eu nu pot decât să mă bucur, pentru că dacă nu și-ar fi dorit să mă mai vadă, probabil nu ar fi fost de acord cu întâlnirea.

Îmi las telefonul pe blat, iar cu ceaşca în mână mă îndrept spre living. Ajung în dreptul canapelei, o privesc câteva secunde, apoi mă aşez. Închid ochii şi-mi las corpul să se relaxeze. Libertate, asta simt şi un fel de afecţiune turbată, ca o nelinişte frumoasă. Încep să zâmbesc singură, deschid ochii, iar când îi închid la loc imagini cu ea râzând mă fac fericită. Aerul condiţionat îmi răcoreşte trupul dezgolit de căldura verii. Se aud foşnete la uşă şi imediat se deschide. Un deja-vu mă răscoleşte, iar ochii negri care mă fixează îmi îmbracă trupul cu admiraţie. Simt că sunt iubită şi răsfăţată, aproape completă acum. Îi zâmbesc, iar el îmi înţelege zâmbetul. Tace şi vine direct la mine să mă sărute. O îmbrăţişare intensă relaxează corpul, mi-l încarcă cu energie şi dragoste.

— Mă bucur pentru tine. Îmi zice franc, în timp ce-mi strânge mâinile. Zâmbeşte frumos şi delicat.

— Pentru ce? Ne privim ochi în ochi. Ochii mei verzi se sărută cu ochii lui negri.

— Mă bucur pentru că pe chipul tău se observă fericirea.

— De unde ştii?

— Văd, Katia! Te simt, de când am intrat pe uşă am înţeles că ceva frumos s-a întâmplat cu tine.

— Chiar aşa? Sunt nedumerită şi speriată,

nimeni nu s-a mai comportat așa cu mine până la el.

— Da, povestește-mi! Apoi zâmbește frumos.

— Mă duc să-mi pun un halat pe mine, apoi vin să-ți povestesc.

— Bine, fac și eu un duș repede, apoi mergem pe balcon.

Să povestești unui om despre fericirea ta, iar el să te asculte cu sufletul la gură, să te înțeleagă, să te țină de mână și să fie fericit pentru tine, cred că acest sentiment este unul care cu adevărat împlinește omul! Când realizează că nu este singur cu toate bucuriile și tristețile lui.

*

Am emoții, îmi transpiră palmele, iar respirația rapidă îmi accentuează starea. Încerc să mă controlez, iar deodată simt și aud în spatele meu cum o pereche de tocuri împung cu greutate podeaua terasei unde mă aflu, iar parfumul ei inundă tot spațiul. Rămân așa, neclintită și parcă pentru un moment uit să mai respir. Se apropie de mine ca o tornadă și, cu cât se apropie mai tare, am impresia că o mare primejdie are să se năpustească asupra mea. Nu mi-e frică, dar gândul că poate voi muri la revederea ei mă invadează.

Să mori atunci când sufletul își întâlnește liniștea, dar și zbuciumul, împlinirea, dar și dragostea, cred că abia atunci am putea da sens morții în fața unei iubiri în care am putea îngenunchea.

— Bună, Katia. Vocea ei încă suavă îmi face inima să tresară. Mă ridic de pe scaun să o îmbrățișez, iar ea îmi ignoră gestul cu nonșalanță. Se așază elegant, își alege o ținută dreaptă, iar privirea și-o pierde oriunde, doar în ochii mei nu. Brațele le are pe lângă corp, părul i-a mai crescut, iar culoarea este mai deschisă, aproape spre blond. Ochii au rămas la fel de frumoși, iar pielea puțin mai bronzată. Folosește un parfum diferit, strident cu note tari și provocatoare. Poartă o rochie scurtă, vaporoasă, albă cu flori mici galbene, iar picioarele ei adăpostesc misterios o pereche de sandale asortate cu rochia. Se prezintă în fața mea ca un chin, ca o floare pe care nu o pot atinge și nici mirosi de aproape, ca și cum între noi poposește un paravan de sticlă care nu poate fi spart. Mă mângâie prezența ei, dar în același timp mă și sperie. A ajuns de cinci minute, iar scaunul acela nesimțit o primește ca și cum i-ar aparține. Își îneacă trupul acolo, iar eu mă înec în gândurile mele cu ea.

— De ce nu vorbești, Sveta?

— Eu? Am ajuns de cinci minute, iar tu nu spui nimic. Te uiți la mine ca și cum te-ai uita la un film erotic, aproape porno. Te-am salutat...

— Da, îmi cer scuze, este vina mea. Îi răspund sfioasă. Nu știu ce să fac sau cum să mă comport cu ea pentru că-mi este frică ca nu cumva cuvintele mele să o sperie.

— Mereu a fost vina ta... șușotește ea.

— Nu am înțeles ce ai zis! replic nedumerită. Nu știu de ce vorbește atât de încet. Oare chiar există un paravan între noi?

Conversația aspră ne este întreruptă de chelnerul care chiar în acest moment și-a găsit să vină să ne ia comanda.

— Un pahar cu vin roșu sec, vă rog. Și un pahar cu apă plată, iar pentru domnișoara la fel. Îi transmite Svetlana chelnerului ca și cum i-ar fi ordonat. Acesta o privește pierdut, Svetlana îi zâmbește sec, chelnerul mustăcește, apoi pleacă.

— Ce se întâmplă cu tine? Te-ai schimbat? o întreb foarte surprinsă de felul în care ea își prezintă orgoliile în fața mea.

— Ce se întâmplă? Eu nu mă schimb, nu am cum să mă schimb. Oamenii nu se pot schimba, poate doar se pot adapta locului sau întâmplărilor din viața lor. Și-a luat o poziție sexy, a așezat picior peste picior, iar apoi cotrobăie în geantă. Scoate un pachet de țigări, îl aruncă pe masă, așază geanta bej pe scaunul de lângă ea, apoi extrage elegant țigara, ca și cum ar scoate o carte dintr-un pachet de cărți de joc. Parcă privesc o scenetă de teatru în care actrița principală își joacă rolul foarte bine. Sala este goală, doar eu admirând o parte din nazurile ei. Trage din țigară ușor lăsând fumul să o inunde cu totul, o privesc înmărmurită și abia dacă pot să îi spun ceva. Îmi aprind și eu o țigară, iar în timpul acesta mă gândesc cu ce întrebare aș putea să încep...

— Mă privești de parcă nu mă cunoști deloc...

— Păi așa și este, Svetlana. Nu te mai cunosc, ți-ai schimbat atitudinea.

— Nu s-a schimbat nimic, timpul și trecutul cred că m-au îndreptat puțin și poate câteva întâmplări din viață m-au făcut să devin așa.

Înghit în sec, știam că va aduce vorba despre trecutul nostru. Și chiar și așa, pregătită fiind de aceste replici, nici acum nu le pot face față.

— Svetlana, acum totul a trecut, nu crezi că ar fi mai bine să lăsăm trecutul? Nu ar fi mai bine să ne bucurăm de prezent și, poate, de viitor?

— A trecut da... dar rănile încă nu sunt vindecate... Simt o schimbare în vocea ei și deodată privirea i se domolește. Până acum am avut impresia că ochii ei emană ace.

— Știi... pentru mine de atunci, după vizita în Franța, fiecare zi a fost un chin. M-am despărțit de Marcus, el nu a reușit să treacă peste adevăr, iar eu m-am mutat din nou aici, singură, fără mine, fără el și fără tot. O bună parte din mine a rămas lângă el, iar el nici nu vrea să mai audă de mine de atunci. Am vorbit de câteva ori, dar doar atât. Nu mai știu nimic de el, iar acest lucru cred că mă schimbă.

În decurs de zece minute, femeia din fața mea s-a schimbat de două ori. Când am văzut-o prima dată nu era ea, ci orgoliul ei, acum este ea, doar că îi lipsește ceva...

— Îmi lipsește foarte mult, Katia...

— De ce nu mergi la el? o întreb aproape speriată și cu remușcări pe suflet.

— Pentru că nu mă primește. Cred că nici nu mă mai iubește.

Durerea ei se năpustește deodată și asupra mea, iar ce îi lipsește acum am înțeles.

Îmi întind mâna peste masă și o forțez spre a o prinde pe a ei. S-a așezat vis-a-vis de mine, iar masa la care ne aflăm este rotundă și îngustă. Ajung cu ușurință, îi caut privirea cu ochii, o strâng de mână puternic și apoi îi zic:

— De când ne-am despărțit și pentru mine a fost foarte greu, iar dacă aș fi știut că ești aici și că suferi atât de mult, aș fi răscolit tot orașul să te găsesc. Te-ai ascuns de mine, de ce Svetlana, de ce? Eu nu am vrut să îți fac niciun rău.

— Nu ai vrut, dar ai reușit!

— De ce crezi asta? Te iubesc prea mult să îți pot face rău. Te iubesc prea mult să te rănesc și să-mi doresc răul pentru tine.

— Tu nu ai înțeles nimic, nimic!

— Ba da, am înțeles totul, pentru că așa cum te cunosc eu, nu cred că te cunoaște nimeni.

Mă fixează cu privirea, iar în colțul ochilor văd lacrimile cum se îmbulzesc. Încep să curgă șiroaie peste obrazul ei fără să încerce să le oprească. Parcă se dezbracă sub privirea mea. Lacrimile ei nu ar trebui să devină o mulțumire pentru mine, dar în momentul acesta asta simt. Sunt bucuroasă că în fața mea se descarcă și își spune durerile renunțând la orgoliile prostești. Odată cu aceste lacrimi vărsate chipul i se luminează.

— Te rog să lași trecutul să moară așa cum și-a dorit. Te rog să lași amantele de atunci să rămână ale trecutului, ale unui bărbat care a apărut în viața noastră ca o lecție. Suntem „amantele trecutului", dar asta nu înseamnă că nu putem deveni și „amantele prezentului". Apoi îi zâmbesc cu speranța că poate o voi înveseli.

— Nu mai vreau să fiu amanta nimănui.

— Nici a mea? Și iarăși hotărăsc să o tachinez sperând în continuare că îi voi revedea chipul din nou senin.

— Nu, nici a ta! Nu îmi faci bine.

— Promit că îți voi face. Măcar o noapte lasă-mă să-ți demonstrez. Îmi este un dor cumplit de tine.

— Mie nu-mi este. Apoi privirea și-o mută în partea dreaptă semn că minte și că nu vrea să-mi spună adevărul.

— Minți, Svetlana! De ce minți? De ce nu-ți asumi sentimentele și te eschivezi de sentimentele tale? Eu știu că nu m-ai uitat. Te simt în mine prezentă, simt cum îmi cotropești simțurile și pielea.

— Katia, dacă ar fi să te iubesc din nou, este ca și cum am lua-o de la capăt, iar eu nu vreau aceeași poveste, din nou.

— Am înțeles, îți este frică...

— Cred că da... îmi este frică de tine...

— De mine?

— Da, de tine și de mine! Apoi își aprinde din nou o țigară. Apare și chelnerul între timp. Are tava cu băuturi în mâini, iar zâmbetul și agitația le simt cum se năpustesc asupra Svetlanei. O îmbracă cu privirea lasciv, iar cu un semn subtil îi arată un bilețel pe tavă. O îndeamnă să îl ia. Ea, foarte serioasă îl apucă cu vârful degetelor și-l aruncă în geantă, semn că știe deja ce se întâmplă. Bărbatul se retrage zâmbind, în urma lui eu rămânând stupefiată.

— Ce a fost asta Sveta?

— Nimic important, îmi răspunde ea indolentă.
— Arată-mi biletul!
— Pentru ce? Nu te interesează pe tine ce este acolo.
— Ba da, mă interesează foarte mult. Ce este acolo?
— Probabil o adresă... răspunde ea foarte calmă și dezinteresată. Încă își șterge lacrimile cu degetele.
— O adresă? De unde știi? Valuri de căldură vin și pleacă de pe corpul meu. Încep să ridic tonul și deja simt cum ceilalți oameni de la mese ne fixează cu privirea insistent.
— Svetlana, ce se întâmplă?
— Nimic, nu vezi? E cald, iar terasa aceasta este superbă. Privește florile cât de frumoase sunt, iar albul terasei cum se împletește perfect cu aceste culori splendide.
— Glumești? Îmi poți spune cu ce te ocupi acum? o întreb nervoasă. Refuz să cred că biletul pe care l-a primit ar însemna ceea ce cred eu.
— Da, îți pot spune... desigur. Deși sunt sigură că deja ți-ai dat seama. Sunt damă de companie, mulțumită? Acum nu ești doar tu cea cunoscută, sunt și eu. Apoi zâmbește flegmatic.
În corpul meu se produc schimbări pe care nu le pot descrie, îmi vine să vomit, să leșin, să

plec. Femeia care stă în faţa mea ori s-a schimbat, ori a înnebunit, iar eu sunt pentru ea un nimic, aşa mi se pare. S-a transformat forţat în altceva, într-o catastrofă pe care în momentul de faţă nu ştiu dacă o iubesc sau o urăsc. Se joacă cu pachetul de ţigări, iar lacrimile i se aştern iarăşi pe obraz. Acest lucru mă linişteşte, înţeleg că suferă şi că ceea ce a devenit nu o împlineşte.

— Mi-aş dori să plecăm de aici, îmi spune ea printre lacrimi. Nu mă simt bine. Tamponează cu un şerveţel ambii obraji pentru a şterge din umezeală.

— Bine, facem cum îţi doreşti. Dar vinul nu l-am terminat...

Iar în secunda următoare ridică paharul la gură şi scurge tot conţinutul paharului pe gât. Se linge pe buze, mă priveşte în ochi, apoi se ridică fără să îi pese că eu nu l-am terminat. Iau o gură mare, las câteva bancnote pe masă pentru notă, apoi o urmez. Se opreşte în gangul ce face legătura dintre terasă şi drumul principal, îşi pune mâinile la faţă şi izbucneşte într-un plâns puternic.

— Sunt pierdută Katia, sunt pierdută de tot. Nu mă regăsesc pe nicăieri, iar viaţa pe care o am acum nu-mi aparţine.

O simt pătimită şi extrem de îndurerată, iar tot ce trăieşte ea acum se propagă cu forţă şi asupra mea.

O iau în brațe, iar când o am aproape de mine mă liniștesc. Îmi cuprinde apăsător corpul, iar conexiunea noastră devine din ce în ce mai puternică. Acum întrebările își găsesc răspunsul și încărcătura de la masă se risipește. Devenim liniștite una în brațele celeilalte, iar gura simt cum mi se umple cu salivă. Îmi doresc să o sărut. Respirația ei pe pielea umerilor mei mă trece din starea de nervozitate într-o stare de excitație. Simte cum mă unduiesc, iar eu, profitând de liniștea ce bântuie în acest loc plin cu verdeață, îi fur pe nesimțite un sărut. Îl primește duios, apoi tandru, urmând ca tot cumulul de sentimente și emoții să se elibereze printr-un sărut închinat iubirii și dorului care ne învăluie. Îmi mângâie spatele în cercuri line, formând acolo fiori constrânși de spațiu, pentru că dacă aș fi fost cu ea într-un loc intim sigur i-aș fi înmulțit...

— Ah, Katia!
— Da, știu, dorul a fost adânc...

După exclamația ei simt cum în partea de jos a coapselor lenjeria intima mi se umezește. Mi-aș dori să o ating și eu pe ea și să-mi găsesc răspunsul întrebărilor, dar prefer să o iau ușor.

— Unde vrei să mergem? o întreb în timp ce o iau de mână și pășim ușor spre ieșirea din gangul verde și primitor.

— Într-un loc sigur. Vreau să mă ții în brațe.

— Aş putea să te duc acasă, dar...
— Dar ce?

Realizez că nu ar fi bine să îi mărturisesc despre relaţia mea, aşa că hotărăsc să îi trimit un mesaj lui Artur ca în noaptea asta să nu vină acasă.

— Dar, nimic. Vrei să mergem la mine?
— Da, vreau! îmi răspunde hotărâtă şi fără constrângeri.
— Şi biletul...?
— Ce bilet? se încruntă la mine...
— Biletul de la chelner...
— Aaa! Dă-l în colo! Altădată...
— Altădată? Nu ştiu ce faci Svetlana şi cum ai reuşit să ajungi în halul ăsta. Ce te-a împins? Lipsa banilor, sau?
— Nu lipsa banilor, pentru că banii nu sunt o satisfacţie pentru mine. Am vrut să descopăr, am fost curioasă. Îţi voi povesti mai multe când ajungem la tine.

Am mers pe jos câteva minute ţinându-ne de mână. Lumea care trecea pe lângă noi ne măsura, iar în momentul ăsta am avut un deja-vu, amintindu-mi de clipele din gară de anul trecut când atât de naive şi copiliăroase aşteptam trenul să vină. Svetlana pleca, iar eu sufeream enorm după plecarea ei. Suferinţa de atunci m-a maturizat mult, iar când trenul se îndepărta, iar chipul i se pierdea de după geamul vagonului în zare, simțeam cum bucăți din mine se rup. Nu știam ce îmi va rezerva viitorul și nici dacă viața mea se va schimba atât de mult într-un singur an.

Am hotărât să luam un taxi pentru a ajunge mai repede acasă. Ni se făcuse foame, iar Svetlana abia aștepta să îi gătesc ceva. Față de femeia impunătoare care era acum o oră, la masă cu mine s-a transformat mult. A renunțat la orgolii și la ambițiile prostești din capul ei. Acum o simt liberă lângă mine, fericită și suavă, așa cum era când am făcut dragoste prima data.

— Mmmmmm... ce dor mi-a fost de parfumul ăsta. Exclamă ea după ce pășește pragul apartamentului meu. Închide ochii, iar după ce își dă sandalele jos, merge și se aruncă pe canapeaua din living, pe care-și întinde trupul și începe să o mângâie obscen, măsurându-mă cu ochii săi verzi. Eu sunt rezemată de colțul peretelui ce face legătura dintre hol și living. Îi admir naturalețea și finețea, o sorb cu dragoste și dor, iar apoi mă hotărăsc să dau drumul la muzică. Îi cunosc gusturile, așa că profit de starea ei și o surprind cu una dintre melodiile care ei îi plăceau atât de mult. Începe să își miște trupul senzual și să se mângâie cu mâinile peste sâni. Formează cercuri cu fesele pe canapea înecându-și acolo o parte din dureri. O simt cum se eliberează și cum dansul o ajută să se excite. Eu încă o privesc și parcă nu mă satur. Ridic volumul sonorului și îi dau voie să-și desfete corpul în compania muzicii care ușor o pătrunde. Mișcările ei mă incită, iar parfumul ei adie din când în când pe lângă nările mele. Îmi înghit fericirea și extazul, iar priveliștea pe care de acum o simt ca un vis.

Mă apropii de ea ușor, fără să o sperii sau să îi distrag atenția, iar când ajung în dreptul ei îi ating buzele cu vârful degetelor. Ca și cum aș atinge o bucată de satin fin și lucios. Îmi primește mângâierea, iar chipul și-l ghidează după atingerea mea. Ochii și-i păstrează închiși, corpul se unduiește formând în zona spatelui curbura care mă înnebunește. Se zvârcolește ca un demon, sânii i se mișcă în cercuri sub privirea mea, iar coapsele își primesc alinarea din căldura palmelor ei. Geme, iar muzica și vinul băut pe fugă la terasă îi cotropesc fiecare părticică a creierului și a corpului. Se mângâie așa cum nu a mai fost mângâiată de mult timp, sau probabil cum își dorește să o mângâi eu. Îmi primește degetul arătător dincolo de buze, iar cu limba umedă formează împrejurul lui cercuri bine definite. Mi-l linge ca și cum mi-ar linge durerile și rănile vechi. Saliva ei mă provoacă, iar cu cealaltă mână încep să mă ating și eu. Sânii și sfârcurile îmi sunt tari, iar lenjeria neagră și-a întețit nuanța. Umezeala lor se scurge până pe pielea coapselor, iar de acolo o simt cum merge uşor spre genunchi. Îşi întinde mâna dreaptă spre piciorul meu stâng căutându-şi acolo echilibrul şi când ajunge în dreptul coapselor mele şi pretinde că-l găseşte, roteşte de câteva ori degetele prin el, apoi şi le duce la gură. Mă gustă infernal ca şi cum foamea de mine pe care o poartă în stomac i-a slăbit corpul. Se hrăneşte cu lichidul meu ca o hapsână, îl gustă erotic şi excitant. Deodată îşi propteşte ambele mâini peste picioarele mele şi îmi forţează trupul peste ea. Suntem încă îmbrăcate, rochiile noastre ridicându-se şi şifonându-se. Îmi strânge pielea între degete ca şi cum şi-ar strânge patimile cu ciudă. Mă sărută tandru şi uneori hain, îmi mângâie sânii sălbatic şi uneori liniştitor. O avalanşă de emoţii eliberate şi un cadru lasciv în care iubirea dintre două femei dăinuie. Îmi înşfacă sfârcurile cu sete şi suge din ele. Geme, iar eu simt că explodez sub săruturile ei pătimaşe.

— Amanta perfectă! îmi şopteşte adânc în ureche, iar apoi mă trânteşte sub ea şi coboară dincolo de bazin cu repeziciune. După ce bikinii negri au alunecat uşor printre picioarele mele, îşi găseşte răspunsurile şi liniştea acolo, apoi îmi sărută labiile ca şi cum ar face dragoste cu ele. Uşor, cu mici sunete excitante îi simt limba cum îmi inunda clitorisul formând în jurul lui un dans seducător. Un dans care începe lent şi se termină orgasmic, anunţând înăuntrul meu trăiri unice. Tremur de dorinţă, degetele ei încă mă pătrund, iar eu îmi zbier dorinţa. Sub mângâierile ei magistrale, împletesc în ritmul muzicii şi al orgasmului produs de ea mişcări mulţumitoare. Urcă şi mă sărută placid. Îmi simt mirosul şi gustul de pe buzele ei pe buzele mele. Le savurez, iar apoi printr-o îmbrăţişare eternă dăm voie excentricului şi pasiunii împărtăşite să ne învăluie. Mă simt odihnită şi liniştită, iar pe ea o simt la fel.

Este şase după–amiază, iar balconul meu ne primeşte povestea. Căldura lunii mai este aspră şi tabloul din faţă ne serveşte drept inspiraţie. Privim amândouă acolo fără să scoatem un sunet, fumăm şi din când în când ne amăgim sufletul cu câte o gură de vin. Îmi doresc să o întreb multe lucruri şi ea la fel pe mine. Pielea şi vibraţia corpului ei mi-au răspuns la un soi de întrebări, acum sunt liniştită, dar încă mahmură după ce visul meu a prins contur. O beţie erotică din care nu mi-aş dori să mă trezesc prea curând.

— Ce-mi găteşti? Mi s-a făcut foame! îmi întrerupe deodată meditaţia...

— Ce vrei tu, îi răspund fericită.

— Cred că aş vrea să mănânc paste cu creveţi. Îmi aduc aminte că ultima dată când am mâncat la tine au fost delicioşi.

— Și când a fost ultima dată? o întreb, iar apoi realizez că am făcut o gafă.

— Cred că eram cu Marcus... răspunde tacit și oarecum cu o voce blajină.

— Sveta, eu cred că ar fi bine să vă mai dați o șansă. În iubire există șanse. Șanse și iertări. Iertarea este sacrificiul suprem al unei iubiri absolute.

— Ce este iubirea absolută, Katia?

— O greșeală. O greșeală mare pe care o poți ierta cu ușurință. Îi răspund după câteva secunde de gândire.

— Vorbești prostii.

— Poate acum da, dar sunt sigură că mai târziu îmi vei da dreptate.

— Nu te pot contrazice, dar nici să-ți dau dreptate. Am aflat că ești o scriitoare de succes acum și că romanul tău a prins foarte bine la public. Am fost o inspirație bună pentru tine, așa-i?

— Mă iei peste picior?

— Nu, spun adevărul doar. Și apoi zâmbește ironic.

Ne aflăm în bucătărie. Ea s-a așezat pe scaun la masă, iar eu pun apa la fiert pentru paste. Am scos creveții din congelator și îi las în apă la dezghețat. Între timp discuția se aprinde, iar ea începe să-mi povestească despre alegerea foarte proastă pe care a făcut-o în ultima perioadă.

— De ce am ales să devin damă de companie? îmi replică pe un ton răspicat.

— Pentru că în loc să te cauți în locurile vechi, ai ales să te regăsești în altele noi și pline de dezmăț?

— Nu, Katia! Și deodată simt cum vocea ei prinde decibeli înalți.

— Atunci, de ce? Pentru că ești nebună?

— Da! Ai ghicit! Sunt nebună și ahtiată după iubire și pasiune.

— Iar acei bărbați în vârstă au reușit să-ți ofere ce căutai?

— Da! Au reușit să vadă în mine dincolo de oase și carne o femeie dornică de sex bun și complet.

— La naiba, Svetlana! Sex bun și complet aveai și cu Marcus.

— Aveam, da! Dar el a ales să mă părăsească și să nu-mi accepte greșelile.

— Poate că te-a iertat deja. Vocea ei a început să se liniștească.

— De unde știi tu?

— Așa simt...

Dialogul pe care îl purtăm abia acum începe să mă trezească la realitate și să realizez că ea chiar este în aceeași încăpere cu mine. Să te trezești dintr-un vis urât și să adormi într-unul frumos este covârșitor. Îmi dau seama cât de repede s-a petrecut totul chiar când pregătesc pastele. A intervenit o tăcere misterioasă între noi, doar muzica auzindu-se din living. Mirosul de usturoi, unt și creveți începe să invadeze bucătăria, iar căldura să se înteţească. Cugetările mele încep să prindă contur, iar vinul să accentueze euforia. Suferința mea din lunile trecute cred că m-a ajutat să mă regăsesc, iar acum, gustând această fericire de după, îi realizez cu adevărat intensitatea. Câteodată este frumoasă și durerea... Și nu pentru tristețe, și amăgiri. Nu pentru că suferim, iar mușchii creștetului nostru se încordează prea mult, nu pentru că murim. Ascultă cum curge un râu și apoi pădurea verde cum foșnește. Ascultă-i muzica și freamătul, durerea de toamnă, înțelege amarul iernii și frunzele cum se desprind din ea rând pe rând. Durerea pădurii este una frumoasă, un privilegiu adus nouă pe care de atâtea ori uităm să-l înțelegem.

Ce am fi fără durere? Sau ce ar mai fi ochii fără lacrimi? Ce am face cu atâta bucurie dacă în ea nu și-ar face loc și durerea? Ce s-ar întâmpla dacă nimic nu ne-ar demonstra această iluzie și absolut nimic nu ne-ar ajuta să îi înțelegem valoarea?

Uneori mă dor palmele și pielea, mă dor cuvintele grele și trecutul pe care îl port pe tâmple, dar prin prisma lor eu am ajuns să înțeleg.

Orice fericire nu poate fi fericire fără durerea de dinaintea ei. As fi plictisită, iar frumusețea nu ar mai avea nicio putere.

Durerea frumoasă ne deslușește ființa. Durerea triază și alătură oamenii, așa cum eu și Svetlana ne-am reîntâlnit acum. Pentru că dacă nu ar fi iarnă sau ploi, furtuni sau viscol, nici soarele nu ar mai ieși niciodată. Câteodată este frumoasă și durerea, iar eu abia acum încep să înțeleg. Am rezistat chinului și temerilor și nu m-am lăsat învinsă de ea. Iar eu acum realizez că am îmbrățișat în mod egal o durere frumoasă cu o frumusețe pasională.

Tot ce doare învie, iar tot ce ne face fericiți a fost o luptă!

De când sunt cu Svetlana, am uitat de telefon și de faptul că Artur ar fi putut să mă sune sau să răspundă mesajului meu. Dispozitivul se află pe blatul din bucătărie și de câteva minute primește notificări. Svetlana observă și sare repede să-l ia și să mi-l înmâneze.

— Cine este Artur, Katia?
— Un bărbat.
— Ce fel de bărbat?
— Un bărbat simplu.
— Starea ta de agitație și roșul din obraji nu prea îți dovedește acest lucru.
— Exagerezi!

— Te cunosc destul de bine pentru a exagera. Haide, spune-mi!

— Iar dacă îți spun, promiți să nu te superi?

— Să mă supăr? De ce să mă supăr? Ce ai mai făcut acum?

— Polițistul, îi răspund sec, creând contact vizual profund cu ea.

— Polițistul? Ce polițist? Și observ cum încep să îi tremure mâinile. Înghite în sec, face o pauză, întrerupe contactul vizual, își dă cu mâna prin păr, apoi spune:

— Și ești fericită?

— Acum realizez că da, de când sunt cu tine realizez că da, sunt fericită alături de el. Pe toată perioada lipsei tale, el mi-a fost alături, m-a înțeles și m-a ajutat. Mă iubește, iar relația noastră a devenit foarte strânsă.

— Chiar și așa criminali cum sunteți?

Simt cum mi s-a pus un nod în stomac și cum corpul îmi trepidează ca și cum un cutremur puternic se produce.

— De ce insiști? Și de ce...

— Pentru că prefer să depășim acest moment în alt mod. Dacă vom ocoli acest subiect și nu ne spunem adevărul în față fix așa cum este el, se va forma între noi o barieră, ori mai multe. Iar eu nu îmi doresc lucrul acesta. Nu mai vreau bariere sau minciuni, prefer adevărul și să nu ne mai eschivăm de ceea ce deja s-a petrecut. Dacă așa trebuia să se întâmple sau nu, asta este! Viața ne-a scos în cale un astfel de eveniment, iar noi trebuie să îl luăm ca atare.

Mă uimește transparența ei, dar mă și bucură în același timp.

— Mă bucur pentru tine. Sunt tare fericită că ne-am reîntâlnit, rostește bucuroasă.

Văd pe chipul ei blândețe și dacă scormonesc dincolo de ochii verzi îi întâlnesc liniștea. S-a transformat mult și acum realizez că toate ifosele pe care le avea acum câteva ore la terasa unde ne-am întâlnit au fost doar teatrale.

— Și eu mă bucur că ne-am reîntâlnit. Știi, Artur m-a împins să te sun, pentru că eu nu aș fi avut destul curaj să te sun.

— M-ai sunat când aveam mai mare nevoie de tine, tocmai de aia ți-am și răspuns.

— Prima atitudine nu mi-ar fi demonstrat asta.

— Trebuia să te încerc, Katia...

— Oricum, simt cum s-au schimbat anumite trăiri, sentimente în tine. Ai devenit mai sigură și mai îndrăzneață.

— Așa face timpul, schimbă oamenii, îi forțează să se adapteze multor întâmplări în viață.

Capitolul 3

Arde patima și urlă
Noi ne-atingem telepatic.
Vinul cântă și îndeamnă
Dragoste și sex sălbatic.
            Svetlana

— Unde mă duci?

— Într-un loc frumos de care sunt sigură că îți este dor.

— Unde, Katia? De trei ore mă ții legată la ochi în mașina asta, mă simt răpită și sechestrată. Vrei să mă violezi? Ce vrei să faci cu mine? Am putea face sex când vrei tu, chiar și în ploaia de vară pe care o simt, dar te rog spune-mi ce vrei să faci cu mine.

— Liniștește-te, ai răbdare! Relaxează-ți mintea și adormi, într-o oră ajungem la destinație.

— O oră? Nu mai pot, te rog frumos.

— Înțelege că nu pot strica surpriza. Ai răbdare.

— Katia, sper să fie o surpriză plăcută. Pentru că ultima pe care mi-ai făcut-o nu prea a fost pe placul meu. Știi prea bine.

— Despre care este vorba? Ți-am făcut multe.

— Cea în care m-ai dus la masaj erotic, iar acolo am văzut cele mai urâte femei din viața mea.

— Haha! Nu erau chiar atât de urâte. Exagerezi!

— Nu, nu exagerez. Pentru niște femei care practică masaj erotic mi s-au părut puțin cam plinuțe și neîngrijite. Nu degeaba am ieșit pe ușă când le-am văzut. Tu te așteptai să aleg una dintre ele, iar eu când le-am văzut, m-am speriat și am plecat. Să nu-mi mai faci astfel de surprize niciodată. Trebuie să analizăm înainte.

— Sunt atentă la drum, Svetlana! Lasă-mă să conduc, nu să am grijă de tine. Te rog încearcă să nu te mai dezlegi la mâini. Va fi o surpriză plăcută, îți garantez eu. Până și eu am emoții pentru ce se va întâmpla. Așa că lasă-mă să conduc fără să fac accident.

— Katia, încerc să am încredere în tine. Dar, oare, din întâmplare nu ai o sticlă cu vin la îndemână? Poate mă liniștește.

— Nu ai cum să bei. Ai mâinile legate, te rog să ai răbdare. Timpul trece foarte repede, uite GPS-ul spune douăzeci de minute.

— Iar eu în douăzeci de minute aș putea să mor de plictiseală. Simt că nu mai am răbdare și că în tot corpul meu dansează energia. Simt că se petrece ceva, ceva ce nu pot explica în cuvinte. O emoție specială și parcă am și niște fluturi în stomac.

— Cred că din cauza mea, Svetlana. Eu îți transmit. Pentru că și eu am emoții foarte mari.

— Păi dacă este surpriza mea, tu de ce ai avea o stare agitată?

— Pentru că te iubesc, iar tot ce simt eu, simți și tu.

— Ahh! Mă amăgești cu fraze siropase, Katia...

Destinația dumneavoastră se află pe partea dreaptă.

— Am ajuns, Katia? Am ajuns? Poți să mă dezlegi la ochi și la mâini acum? Simt că nu mai rezist, voi avea vânătăi o perioadă lungă.

— Am deschis portiera, te voi dezlega la mâini ușor, dar la ochi încă nu.

— De ce?

— Așteaptă. La mâini te dezleg ca să te pot conduce, iar când vom ajunge la locul cu pricina, îți voi dezlega și ochii.

— Simt un miros cunoscut.

— Încearcă să nu trișezi și să pândești hoțește pe sub eșarfă.

— Tremuri, de ce tremuri și ai mâinile transpirate, Katia?

— Oprește-te aici și așteaptă.

— Ce-i cu parfumul ăsta? Ce se întâmplă? M-ai adus într-o parfumerie?

— Acum poți să te dezlegi.

— Uhh! În sfârșit! Simțeam că mă sufoc deși eram legată la ochi și...

— Și ce?

— Ce cauți aici?

— Ce cauți tu aici?

— Cine, eu?

— Da, tu? De ce ai venit?
— De ce ai venit tu?
— Eu nu am venit, Katia m-a adus.
— Și unde-i Katia?
— Aici, nu o vezi?
— Nu, Katia nu-i, doar tu ești.

— Katia m-a adus legată la ochi și cu mâinile legate. Kaaaatiaaa, unde ești? Îmi vine să te omor, unde ai fugit?

— Svetlana? Nu știu ce fel de joc aveți voi două, dar nu este bine deloc că te afli aici.

— Știu că nu este bine, nici nu aș fi vrut să mă aflu. Kaaaatiaaa!

— O cauți degeaba, nu este nimeni! Așteaptă, îmi sună telefonul.

— Alo! Da, da... Dar de ce ai făcut asta? Pentru că așa trebuie? Katia, ai înnebunit? Eu nu eram pregătit pentru asta.

— A închis. Mda... m-a sunat să îmi zică că ea te-a adus și că acum va pleca, iar peste cinci zile vine după tine.

— Glumești? Așa-i?

— Nu, acest lucru a făcut iubita ta, sau prietena, mă rog...

— Și acum ce facem? Mă lași să aștept la ușă sau îmi cauți un hotel?

— Svetlana, nu eram pregătit să te întâlnesc. S-ar putea să ai parte de câteva surprize.

Dacă îți convin, poți rămâne, dacă nu... vom căuta un hotel.

— Ce fel de surprize, Marcus?

Mă poftește în casă. În apartamentul nostru, cel în care acum câteva luni eu și cu el am locuit. Miroase a tutun, a parfum ieftin și a sex, mult sex. În afară de mobilă și lucrurile pe care le-am cumpărat împreună totul este rece și fără culoare. Un gri dezastruos s-a împânzit peste acest apartament ca și cum cineva a aruncat acolo această nuanță urâtă pentru a acoperi trecutul. Simt miros de femeie, de haine nespălate, gunoi nedus și vase nespălate. Mocnește lenea și pereții s-au înnegrit de la atâta fum de țigară. Geamuri nespălate și perdele cafenii. Mă întâmpină în sfârșit cineva care-mi luminează inima.

— Klaus! Iubitul meu Klaus, motanul meu frumos. Ce faci? Ouh, cât de dor mi-a fost de tine!

— Iubitule? Cine a venit la noi? Avem musafiri?

Și deodată văd cum își face apariția din dormitor, spre living, apoi spre holul unde eu încă mă aflu, o femeie. Îi măsor corpul gol și țâțele lăsate cu sfârcuri mari și negre. Are părul negru lung și este potrivită la înălțime. Cam unu șaizeci și cinci. Mă scârbește atitudinea ei, dar într-un fel mă excită.

— Oh! Svetlana...

Tresare, iar apoi își duce mâna la gură de parcă ar fi văzut o stafie. Se oprește asemeni ei, apoi îi observ vena gâtului cum se zbate în semn de agitație.

— Da, eu sunt, ne cunoaștem? Nu-mi aduc aminte de tine. Marcus? Ne faci cunoștință? spun eu în timp ce rămân în aceeași poziție, cu geanta de mână pe braț, încălțată cu o pereche de botine maro stil cowboy, rochie bej vaporoasă strânsă în talie cu o centură asortată botinelor. Am părul prins în coadă de cal, iar ce se petrece nu-mi creează deloc o stare de agitație. Revederea lui Marcus mă aruncă într-o senzație de bucurie, dar amestecată cu puțină jenă. Pentru că ce se întâmplă în acest apartament și imaginea pe care el o are acum nu-l avantajează. Se află în bucătărie. Pare să fie relaxat alături de țigara lui. Este cinci după–amiază. Mă gândesc pentru o secundă că poate e un vis, iar în următoarea, el se spulberă.

— Ilona, îmbracă-te și du-te! se aude vocea lui impunătoare din bucătărie după ce își trage fumul din țigară.

Eu stau încă nemișcată, fix în aceeași poziție. Parcă asist la o secvență dintr-un film prost în care regizorul ori este beat, ori se droghează prea mult, pentru că personajele nu-și dau interesul deloc să joace bine.

Femeia se uită la mine ca și cum m-ar diviniza, apoi se întoarce brusc spre dormitor. Vorbele lui Marcus au rănit-o, iar când l-a auzit a percutat ca o păpușă, în creierul ei cuvintele spulberându-se. O las să se risipească și să-și caute cuvintele, iar eu mă îndrept către bucătărie, acolo unde el lâncezește ca un bondar. Îmi caut un scaun sub masă, așez geanta lângă el, iar eu cu o oarecare emoție în stomac îmi potrivesc fesele pe blatul acestuia. Emoția se mută în oase și apoi în carne. Pielea începe să se vaite, iar inima să danseze sacadat. Îmi întind mâna în geantă și prin palpare caut pachetul cu țigări. Nu ne spunem nimic, dar sufletele noastre se zbat, ele comunică, se luptă deja și se iubesc. Îmi vine să încep dialogul cu: „mi-a fost dor de tine", dar mă eschivez și prefer să evit penibilul. Știu că și lui îi este, pentru că tăcerea care ne învăluie acum, de fapt vorbește, iar ochii lui și ai mei plâng împreună atunci când se întâlnesc. Ni se lipesc privirile, iar licăririle lor tânguiesc. Încep să mă legăn și să înghit în sec. Nările mi se inundă cu parfumul lui, iar țigara nu reușește să mă liniștească. Mă inundă dorul și îmi vine să urlu, iar tăcerea aceasta mă distruge. Îmi mut privirea spre geam, iar acolo amintirile încep să mă copleșească. O mut pe blatul de bucătărie, apoi spre pereți, spre frigider și aragaz, gresie, iar memoria începe să-mi creeze în creier imagini vechi. Să-mi deruleze cea mai frumoasă poveste pe care am trăit-o. Curg şiroaie sărate peste buzele mele. Mi le şterg din când în când, iar când aud paşi că se îndreaptă spre locul unde ne aflăm, îmi rotesc scaunul cu spatele la intrare pentru a nu fi văzută că plâng.

— Ne auzim mai târziu, îi spune Marcus. Din zgomotele produse de nas realizez că şi ea plânge, iar apoi aud brusc uşa închizându-se.

— Ce o să facem, Marcus?

— Ce vrei tu, Svetlana! Nu aşa a fost mereu? Mă priveşte foarte serios şi fix, iar uneori parcă simt că îşi înghite lacrimile pe care refuză să le elibereze. Oftează continuu şi se joacă cu pachetul de ţigări.

Replicile mi se izbesc de cap, apoi zboară. Mă simt incapabilă şi neputincioasă.

— Oare ai să poţi vreodată să mă ierţi?

— Te-am iertat deja, draga mea. Nu pot să nu te iert, te iu...

Apoi se opreşte.

— Mă iubeşti?

Tace...

— Pentru că eu da, n-am renunţat nicio secundă la tot ce am alcătuit împreună. Şiroaiele de lacrimi încep iarăşi să se îmbulzească în colţul ochilor. De parcă sufletul mi s-a inundat, iar acum refulează. Încep să tremur şi să-mi pierd controlul corpului, semn că unele sentimente s-au îngrămădit înăuntru, iar acum îşi doresc să evadeze. Să plece înaintea mea din corp şi să îmbrăţişeze iubirea care mă aşteaptă pe scaunul din faţa mea. Poartă aceiaşi ochi verzi şi acelaşi chip. Nu s-a schimbat nimic la el, poate puţin ridurile s-au adâncit... oare de la ce? Oare de la atâta aşteptare? Oare de dor?

— Ce am alcătuit împreună, Svetlana?
— Pe noi, îi răspund serioasă.
— Pe noi? Priveşte-mi ochii şi starea în care mă aflu. Crezi că sunt rezultatul corect?
— Da! Eu aşa cred...
— Eşti nebună. Tu chiar nu vezi?
— Ba da, văd. Iar consecinţele sunt simple. Dorul de noi te-a adus în starea aceasta.
— Te-ai agăţat de târfe, alcool şi ţigări pentru a uita de trecut. Te-ai complăcut într-o mizerie pentru a acoperi orgoliile tale.
— Orgoliile mele sau greşelile tale?

Deşi nu ne-am văzut de luni bune, distanţa m-a apropiat şi mai tare de el, iar această revedere parcă apropie tot ce a separat. Nu ne-am văzut de atâta timp, dar parcă l-am simţit ieri...

— De ce m-ai iertat?

Se ridică de pe scaun şi se îndreaptă către frigider. Îl deschide calm, caută cu privirea ceva, găseşte, apucă cu mâna dreaptă, apoi închide frigiderul. Deschide sertarul cu amintiri, iar de acolo scoate desfăcătorul de suflete. Îl înfige acolo, în sufletul lui destrămat, apoi roteşte; o dată, de două ori, de trei ori, până când el scânceşte. Îl scoate brusc, apoi şi-l aruncă pe blat. A lăsat la vedere totul, iar din ce a mai rămas îmi toarnă în pahar mâhnirile lui.

— Bea! Poate te mai relaxezi. Pentru ce ciocnim? mă întreabă foarte serios.

Se lasă seara, iar oboseala simt cum îmi apasă pe corp.

— Pentru revedere? Apoi îi zâmbesc cu speranţa că-mi va întoarce zâmbetul.

— Nu! Pentru iertare şi libertate. Îşi apropie paharul de al meu şi îl ciocneşte, vinul îşi schimbă forma, iar odată cu el şi ochii lui. Mă străpunge cu ei, aproape că mă îngheaţă. Îmi doresc să îl ating. De când am intrat în această casă care acum mi-e străină nu m-am apropiat de el nici măcar o fracţiune de secundă. Probabil mi-ar fi fost îndeajuns o milisecundă să-i simt pielea ca să pot măsura în fiori dorul lui faţă de mine. Probabil de asta se fereşte să mă atingă, pentru că ştie ce forţă avem unul asupra celuilalt.

Deodată se ridică de pe scaun şi începe să caute cu privirea prin bucătărie. După gesturi îmi dau seama că este important, iar apoi realizez că este vorba despre telefon. Îl observ aruncat pe un scaun...

— Este pe scaun, acolo! Și îmi îndrept mâna să i-l arăt.

Tace, iar în colțul buzelor cărnoase îi observ rânjetul minuscul. Mă înseninează, iar la lumina telefonului parcă și chipul lui se luminează puțin. Nu din cauza telefonului, ci pentru că încă mai funcționăm, iar conexiunea noastră nu s-a epuizat.

— Alo, aș dori să dau comandă de două pizza diavola cu ardei iute, vă rog.

— Da, la aceeași adresă.

— Mulțumesc, la revedere.

Lasă telefonul pe masă, iar apoi se așază din nou pe locul lui.

— M-am gândit că poate ți-e foame.

— Mulțumesc, mă bucur că încă te mai gândești la mine.

— Nu cred că am încetat vreodată. Își gustă vinul, îl savurează elegant, exact așa cum doar francezii știu să o facă.

— Mai lucrezi? îl întreb încercând să decongestionez situația care deși pare neprielnică, o parte din corpul meu suferă modificări frumoase. Revederea cu el și faptul că prietena mea, Katia a îndrăznit să-mi facă această surpriză îmi dă o stare de nervi, dar faptul că sunt aici, în locul acesta construit de noi doi mă liniștește. După ce ne-am întors din Franța acum zece luni, două luni am locuit aici, până când, într-o seară s-a hotărât să citească cartea scrisă de Katia. Apoi mi-a zis simplu și foarte degajat, într-o zi de duminică, după ce am făcut dragoste, că nu poate să mai stea lângă mine și că își dorește să rămână singur o perioadă.

— Da, normal! Nu pot renunța chiar la tot în viață, îmi răspunde hotărât. În timp ce-i privesc schimbările de pe chip, îmi aduc aminte de toate momentele petrecute împreună, până și de cel în care ne-am despărțit.

— Cum adică la tot?

— Adică nu pot renunța și la job dacă am renunțat la tine.

Ne-am așezat pe nesimțite la masa adevărului. Vinul accentuează simțurile și cuvintele, ne intensifică dorul și hormonii.

— De ce ai renunțat la mine?

— Pentru că te iubesc și pentru că libertatea îți vine mănușă. Ți se potrivește, iar eu într-un moment de slăbiciune am crezut că nu-ți pot face față. M-am speriat de spiritul tău liber și de faptul că nu te pot ține în frâu. Tu așa ești frumoasă, Svetlana, liberă!

— Sunt frumoasă, dar nu fericită.

— Cum poți supraviețui dorului? Pentru că mie mi-a mutilat sufletul.

— După cum vezi. Ilona și alte curve…

— Cauți în curve să-ți stăpânești dorul de mine?

— Da... pare josnic, dar doar atât m-a dus capul...

— Dar tu?

— Eu?

— Da!

— Am devenit damă de companie! îi răspund *fair play*, fără constrângeri.

— Bănuiam că asta vei face.

— De ce?

— Pentru că nebunia ta nu poate fi potolită decât cu alte nebunii.

— Mă bucur că ai făcut ce ți-ai dorit. Și observ că nu ai remușcări.

— Ba da, am!

— Nu ar trebui! Asta ți-ai dorit.

— Nu e ca și cum mi-am rezolvat problemele.

— Problemele psihice? Pentru tine e greu, ești prea curioasă. Ție nu-ți ajunge o viață să poți trăi tot ce vrei să fii. Svetlana, te-am căutat în toate femeile. Și zece la un loc nu pot fi ca tine.

Uneori se încruntă, iar ridurile de deasupra ochilor îmi dau de înțeles că de mult timp nu a mai zâmbit.

— Sinceritatea ta mă sperie.

— De ce? Nu asta ai vrut? Sinceritate? Sunt sincer. Poftim! Te iubesc ca un nebun, atât de ne-

bun încât prefer să îndur dorul de tine decât să-ți
cruț libertatea.

Simt cum începe să se agite și să fie nervos.

— Iar acest lucru ar trebui să te enerveze?
Brusc începe să mi se facă tot mai cald. Mă ridic
de pe scaun, fac doi pași către geam, apoi îl deschid larg. El urmărește învălmășeala de pași cu
atenție.

— Desigur. Pe tine nu? Pe tine nu te enervează faptul că îți dorești să fii cu mine, dar în
același timp și cu alții?

— Marcus. Nu îmi mai doresc asta, îi răspund după ce mă așez pe scaun.

— Ba da! Asta îți dorești! Iar eu nu pot decât
să te iubesc indiferent de distanța care va fi între
noi. Ești liberă! Iar apoi își întinde mâinile... Uite
așa, ca o pasăre... Nu te urăsc, nu îți port pică, stai
liniștită. Mai simplu și fără explicații îți iubesc
nebunia ca un nebun.

Simt vinul cum mă amețește și cum cuvintele se izbesc de creștetul meu ca de un zid de piatră. Lovesc atât de puternic încât simt că în orice
moment aș putea cădea.

— Nu vrei să fim nebuni împreună?

— Nu. Nu pot! Asta ar însemna să mă internezi într-un ospiciu, iar acolo deja distanța cred
că ar fi prea mare între noi.

— Nebuniile noastre sunt diferite. Tu ești

nebună și liberă, iar eu nebun după nebunia ta.

— Nu se leagă, Marcus!

Sună interfonul, își caută bani în portofel, apoi se duce la ușă. Preia comanda de pizza, mulțumește curierului, apoi se întoarce la masă unde adevărul vorbește.

— Nu se leagă, dar nici nu se potrivesc.

— Cine cu cine?

— Eu cu tine, Sveta! Nu ne potrivim...

— Ba da, cât mi-ar lua să-ți demonstrez?

— Probabil o partidă, o noapte de dragoste, cinci minute de sex nebun?

Încep să râd. Îmi duc mâna la cap și cu degetele încep să-mi răsucesc părul.

— Nu există niciun secret între noi Sveta, niciunul. Doar dorul există, atât!

— Ai vrea să-l risipim?

— Da, normal că aș vrea. Ce bărbat ar putea să te refuze? Sau mai degrabă ce bărbat și ce femeie. Mai ales acum când după aceste schimbări din viața ta ai devenit mai versată decât erai.

— Am devenit?

— Da!

— Vreau să te ating, îi spun în timp ce-l fixez intens cu privirea. De când am ajuns în apartamentul acesta pe care pur și simplu nu îl mai recunosc, nu m-ai atins deloc. Ai transformat locul nostru într-un bordel în care parcă-ți schimbi turele de zi cu cele de noapte. Miroase îngrozitor, iar la toaletă nici nu vreau să-mi imaginez...

— E curat. Am angajat o femeie să facă curățenie. Este dezordine și fum, dar este curat. Știi bine că urăsc mizeria.

— Nu, dar... îți place să aduci tot felul de femei în casă, îmi spun în gând.

Se ridică din nou de pe scaun, pune mâinile peste ale mele, apoi îmi forțează corpul spre ridicare. Îmi privește fața profund, apoi mă îmbrățișează.

— Eu nu vreau doar să te ating, eu vreau să te pătrund cu totul. Să-mi formez în corpul tău un cuib, iar o bucățică din al meu să rămână acolo veșnic.

— Cred că ești inconștient! Tu trăiești în mine cu totul, iar din corpul meu nu vei dispărea niciodată.

— Mi-a fost teamă să nu te pierd, Svetlana.
— Și m-ai pierdut!

Îmi lipesc capul de pieptul lui și las tăcerea să vorbească în locul nostru. Las inima lui să-mi șoptească prin bătăi, durerea. Mă mângâie pe spate, iar îmbrățișarea noastră transformă două nebunii într-una singură. M-a iertat, iar iubirea noastră atât de dezechilibrată nu se poate lega. Ce iubire pământească poate rezista astfel? Cu adevăruri spuse în față, cu recunoștințe și emoții? Ce? Cine? Cum? Ar putea să reziste acestui chin? Să trăiești o iubire împărtășită, dar care nu poate fi consumată decât sexual?

Mă ia prin surprindere o slăbiciune în genunchi, iar apoi fiori sublimi simt cum îmi cuprind corpul. Buzele mele primesc îmbrățișări umede și limba-mi suspină de plăcere. Mi se năpustesc lacrimile de fericire, iar sărutul pe care tocmai îl trăiesc îmi poartă corpul dincolo de regrete. Simt o excitație aparte. Ceva ce cred că nu am mai simțit de mult timp, sau cred că nu am simțit niciodată. Durere amestecată cu plăcere în partea de jos a coapselor. Vaginul se descarcă, iar pulsațiile lui îmi completează înzecit starea de excitație. Îmi vine să mușc bucăți din buze și să le înghit, să-i rup pielea cu unghiile și să-mi scrijelesc acolo neputințele. Îl strâng cu forță în brațe și nu contenesc din a mă sătura de buzele și limba lui. Cu ușurință îmi eliberează corpul de rochie. Mă depărtează de el cu forță, se uită la mine ucigător de tandru, apoi se aruncă asupra mea ca un vultur. Îmi înșfacă trupul cu brațele lui ca pe o pradă și mă duce în camera amintirilor. Nu am timp să realizez că deodată așternuturile noastre vechi, murdărite cu praf de curve, ne primește nebunia. Ne îmbrățișează, apoi dă frâu liber iubirii noastre. Îmi sărută sânii așa cum nu mi i-a sărutat niciodată, formează în jurul sfârcurilor cercuri de parcă acolo, şi mai ales în dreptul celui stâng îşi doreşte să inscripţioneze ceva. Îmi doreşte atât de mult sânii încât nu realizez dacă el conştientizează că sub cel stâng îmi bate inima, iar dacă sub acest biet trup plin până la refuz de dor, îmi zace sufletul. Când coboară, are grijă ca fiecare parte din corp să-mi fie explorată. Îmi cotrobăie pielea cu limba ca un nebun, iar cu mâinile o linişteşte. Coboară şi apoi urcă, ca şi cum anumite părţi din corp le-a uitat, ca şi cum ar scrie pe mine versuri, iar când le recitește, realizează că undeva a greşit. Ajunge acolo unde umezeala vaginului izvorăşte asemeni unui fluviu scăpat de sub control. Cearşaful este umed sub mine, iar el când îşi dă seama de acest lucru, geme. Pune stăpânire pe labiile umezite, iar cu limba gustă de acolo, parcă flămând, tot ce a provocat să se scurgă din mine. Îmi caută clitorisul şi cu buzele adulmecă punctele sensibile, iar când le găseşte insistă să trezească în mine trăiri noi. Mă zvârcolesc de plăcere, dar şi de durere în acelaşi timp. Îmi proptesc mâinile pe capul lui, îi masez uşor părul şi pielea, apoi îl trag uşor spre mine. Îmi doresc să-l sărut atât de mult şi să-i simt pasiunea încât nu m-aş putea sătura niciodată de el. Se ridică uşor, limba lui îmi provoacă convulsii, iar eu îmi simt corpul cum ajunge în transă la fiecare atingere. Se apropie de buzele mele, mi le sărută ușor, apoi le mușcă încet lăsând în urmă o durere plăcută, o durere a nebuniei noastre. Îl prind de păr, mă adâncesc în ochii lui ca într-un labirint, apoi îmi arunc trupul zvelt deasupra lui servindu-i ca drept tablou excitația mea. Îi simt organul întărit între coapse și ușor, fără a mă pătrunde i-l masez cu mișcări du-te–vino. Îi zvâcnește și își urlă tacit extazul. Cobor păstrând contactul vizual, mă aplec peste el, îl sărut cu patimă și, ca răspuns al plăcerilor provocate, îmi scufund buzele peste pieptul lui și dincolo de el. Ajung în dreptul abdomenului tonifiat, îl adulmec înfometată, apoi îmi mut buzele acolo jos unde toată pasiunea aproape că explodează. Îi privesc chipul, iar cu mâinile mă joc de jos în sus. Dezlănțui un dans frenetic în care buzele și limba se sincronizează perfect. Îmi respect regulile pașilor și ale mâinilor, nedorind ca într-un moment de neatenție să greșesc. Umezesc și îi ofer plăcere, una pe care îmi doresc să nu o uite curând. Pătruns până la refuz de senzația plăcută pe care i-o ofer, se hotărăște să-mi ridice capul până aproape de al lui. Îmi sărută cu poftă ochii, nasul, obrajii, fruntea și buzele, iar apoi mă pătrunde. Milioane de stimuli mă forțează să gem și să țip în același timp. Îmi completez sincronul cu sunetele pe care le eman, demonstrându-i viclean, că dansul sexual pe care i-l ofer este unic. Îmi salt corpul cu dorinţa de al vedea străpuns până la disperare de excitaţie. Membrul se izbeşte cu forţa de pereţii vaginului meu, îl desfată cu mişcări puternice care-mi anunţă orgasmul. Deschide ochii largi, iar când simte că punctul culminant se apropie, îmi îmbracă sânii cu mâinile, strânge de ei şi ca într-un dans în care ambii parteneri sunt compatibili, coregrafia se termină concomitent. Asemeni iubirii noastre...

„Ţigară după ţigară, lacrimă după lacrimă, pas după pas, corpul meu ţi-a dansat aproape în agonie misterul. Te-am desluşit greu, iar uneori aproape că mi-a fost imposibil să ştiu cine eşti. Ce mă apropia de tine era doar un miraj, o atracţie supremă pentru care prima dată nu am voit să amestec corpurile noastre. Am fost egoistă şi mi-am negat amărăciunea trupului excitat să te aprobe, sânii să-ţi primească palmele şi coapsele mângâiere. Te-am primit în mine ca un fior adânc, ca şi cum o săgeată magică m-a spulberat în mii de bucăţi, iar apoi te-am lăsat pe tine să mă reconstruieşti.

În taină am compus prima noastră seară, îţi aminteşti? O taină perfidă, o pasiune echilibrată, tu mă construiai, iar la fiecare atingere pielea mea se contura perfect sub licărirea ochilor tăi.

Ai pășit în sufletul meu în surdină, ca o melodie preferată, ca și cum în corpul meu un concert de muzică simfonică urma să înceapă. Iar la sfârșit, elegant, ți-ai desfăcut nasturii fracului negru, l-ai aruncat peste iluziile noastre, mi-ai înșfăcat trupul încă firav și cu o pasiune memorabilă ai făcut dragoste cu el. O iubire tantrică, un secret pe care nici cel mai renumit judecător al lumii nu va reuși să îl deslușească..."

Rămas bun!

I-am lăsat pe noptieră un bilet. Nu mai suportam chinul prelungit, iar dorul acesta consumat acum, urma să se adâncească cu fiecare atingere. Deja mi-e dor de el, chiar dacă l-am văzut acum o oră. Ne-am despărțit simplu, el dormea, eu plângeam. Fiecare cu nebunia lui...

M-am cazat la un hotel în apropierea centrului. De aici orașul își scoate în evidență măiestria. Este la fel cum l-am lăsat doar că acum îl privesc diferit. Ca pe o amintire frumoasă, ca pe Orașul Nou, dar care ascunde misterul. Acum iubesc acest loc ca pe o parte din mine.

Am ales centrul, iar geamul se află chiar cu vedere spre el. Ies să mă liniștesc, iar în surdină îmi pun muzică pe telefon. O limbă pe care nu o cunosc mă cutremură. Ceva necunoscut și straniu îmi schimbă deodată ochii uscați în umezi. Plâng ca o nebună, iar lacrimile mele dulci-amare mă mângâie. O stare de agonie și extaz îmi transformă trupul. Simt că mă descarc și că toată amărăciunea, și neputința curge din mine. Sunt o femeie puternică, dar în fața iubirii, cedez. Ascult, iar versurile șoptite de tânăra interpretă aruncă asupra mea săgeți îmbibate în liniște. Închid ochii, mă mângâi cu mâna dreaptă pe umărul stâng, oftez, apoi în gânduri îngrămădesc un ultim cuget. „La naiba, nu înțeleg nimic din această melodie, dar totuși plâng. Așa o fi și cu viața?"

Aprind o țigară, iar pe ritmuri de muzică lacrimile încep să curgă șiroaie. Simt o durere cruntă, plâng ca și cum aș fi pierdută și nimeni nu ar putea să mă găsească vreodată. Simt o durere ciudată, o durere care, deși mă face să sufăr, simt că mă face și fericită.

Uneori mă dor palmele și pielea, mă dor cuvintele grele și poveștile triste, dar prin prisma lor eu am ajuns să înțeleg. Orice fericire nu poate fi fericire fără durerea dinaintea ei. Aș fi plictisită, iar frumusețea nu ar mai avea nicio putere.

*

Hotărăsc să plec. Părăsesc camera de hotel îmbrăcată în aceleași haine. Chiloții și șosetele mi le-am spălat la robinet cu săpun, iar rochia am scuturat-o de două trei ori pe geam. Nenorocita de Katia m-a adus aici, în acest loc al amintirilor doar cu hainele de pe mine și cu geanta de mână. Ar fi putut să-mi lase ceva, orice. O rochie în plus, o pereche de chiloți urâți, orice, doar să simt ceva curat pe mine. Mi-am sunat o prietenă înainte de a mă ameți cu două pahare cu vin de la restaurantul hotelului. M-am gândit că poate va veni cu vești noi despre Marcus, așa că nu am ezitat această oportunitate. Mă văd cu ea peste zece minute, iar eu sunt amețită așa cum îmi doresc. În această stare pot suporta orice. Barul unde mergem este nou și sobru. Ici–colo câteva culori calde care, de fapt, devin reci. Niciun lucru nu ajută alt lucru să devină cald și primitor. Mă simt ca într-o peșteră elegantă și cu pretenții. Îmi comand din nou vin și mă așez pe o canapea. În fața mea este o măsuță cu picioare scurte, iar din cauza întunericului am impresia că nu o văd. Marcus nu mi-a scris nimic astăzi și nici nu a sunat. Cred că nici nu îi pasă...

— Bună Svetlana! Intră blonda zâmbitoare și elegantă. S-a dichisit cu pantofi cu toc și cu o rochie neagră mulată pe corp. Are părul întins și desprins, iar culoarea îi dă alură de păpușă. A insistat cu machiajul și rujul roșu, lucru ce-mi inspiră nesiguranța.

— Bună, draga mea. Haide, ia loc, vino aici lângă mine. Simt o oarecare frică și stânjeneală la ea, dar acest lucru nu îmi poate schimba atitudinea.

— Să nu mă întrebi ce fac aici, pentru că nici eu nu știu, îi spun răspicat fără să mă intereseze că aș putea să o sperii și mai tare.

Muzica din bar începe să răsune cu forță, iar ce aud mă trimite pe ritmuri electronice dincolo de starea monotonă în care se află barul. Am ajuns la paharul numărul doi, iar ea încă este la primul. Încerc să-mi mențin tonusul și să nu las de înțeles că m-am amețit mai mult decât trebuie. Lumea începe să danseze, iar blonda elegantă și amețită deja de la primul pahar pare să fie încântată și mă roagă să mergem și noi pe ring. Prima dată îi spun că nu am chef, apoi, după două trei guri de vin mă gândesc că trebuie să-i răsplătesc efortul și faptul că a stat atât de mult de vorbă cu mine. Am povestit mult, printre care și unele amintiri, dar și prezentul.

Muzica mă liniștește. Nu îmi pot lua gândul de la el, îl simt peste tot, iar toți ochii străini care mă privesc mi-i imaginez că sunt ai lui. Ce tristețe și ce extaz îmi provoacă muzica asta, la naiba! Ce loc urât, dar și frumos în același timp. Ce oameni, iar în toți parcă ești doar tu.

Deodată mă hotărăsc să plec. Așa, ca și cum cineva s-a supărat pe mine și m-a alungat zicându-mi „Du-te de aici, femeie! Ești beată și prea euforică!", iar eu am ascultat, mi-am luat geanta și rămas bun de la amica mea și am plecat fără ca măcar un regret mic să mă apese. Intuiesc că ar fi ora două-trei noaptea.... undeva între, iar alcoolul dansează în mine frenetic. Cobor scările atentă, fără a oferi circ celor care mă analizează de pe terasă, iar apoi urc în taxiul care parcă mă aștepta pe mine.

— Unde mergem domnișoară?
— La hotelul Amiral! Iar după ce rostesc numele hotelului încă mă gândesc dacă nu cumva l-am greșit.

Mașina mă amețește, iar din când în când am impresia că mi se face rău. Respir și inspir, iar șoferul când realizează asta deschide geamurile.

— Este mai bine acum? întrebă el zâmbind și analizându-mă în oglinda retrovizoare.
— Mulțumesc, este perfect!

Aerul îmi liniștește starea de rău, iar drumul pe care mergem îmi este foarte cunoscut. Ne aflăm în zona blocului nostru, acolo unde eu și cu Marcus ne-am mutat după ce am venit din Franța. În zona unde amintirile sunt mai mult urâte decât frumoase. Locul de unde eu am plecat pentru că el nu putea să mă ierte pentru greșelile pe care le-am făcut. Mă izbesc lacrimile, iar în trecere pe lângă bloc, observ lumină la geamul de la bucătărie. Mi se pune un nod în gât, iar stomacul mi-l simt invadat de mii de fluturi.

— Oprește! Acum, oprește!

Șoferul frânează brusc, cotrobăi prin geantă după bani, îi înmânez repede, apoi cobor fără să spun nimic.

— O seară frumoasă, domnișoară! strigă el din mașină.

Mergând cu spatele la el ridic mâna în semn de salut, apoi îmi continui drumul extrem de sigură pe mine, în timp ce tocurile fac gălăgie, iar pașii mei provoacă ecou printre blocuri. Mă rog ca ușa scării să fie deschisă, nu mi-aș dori să sun la interfon. Ajung în dreptul ei, iar o tristețe îmi apasă interiorul. Este închisă. Apăs pe clanță, împing puțin mai tare, iar cu un noroc pe care nu mulți îl au, surpriză, ea s-a deschis. Pășesc pe vârfuri în scară fără să fac zgomot cu tocurile, urc cele două perechi de scări late până la etajul unu. Ajung acolo, în fața ușii apartamentului cu numărul opt, respir, și fără a-mi crea autocontrol încep să bat. O dată, de două ori, de cinci ori, de zece ori. Lumina știu sigur că este aprinsă, iar în casă aud mici foșnituri. Fără ezitare pun mâna pe clanță și apăs. Intru direct, fără remușcări sau să fiu stânjenită, iar în bucătărie, hol și living, camerele care fac legătura cu intrarea, nu este nimeni. Oare de ce am avut impresia că se aude mişcare, dacă aici nu este nimeni? Oare s-a ascuns de mine? Mă întâmpină motanul Klaus care atunci când mă vede începe să miorlăie şi să toarcă. Mă aplec să-l alint, iar când simt că încep să-mi pierd echilibrul îmi schimb rapid poziția corpului din ghemuit în picioare.

— Marcus? Unde eşti?

Se aud mişcări în dormitor, iar eu când realizez, mă îndrept acolo. Intru încălțată, iar lumina din dormitor începe să mă deranjeze şi să-mi provoace o stare de nervi. Ajung aproape de cameră, iar un miros înțepător de piele transpirată, țigări şi alcool pun stăpânire peste nasul meu. Încep să tremur, creierul mi se inundă cu neputință, iar la vederea celor doi întinşi pe pat rămân aproape fără glas.

— Faceți sex?

— Da, îmi răspunde el nepăsător!

— De ce ai venit? Mă spionezi?

— Nu, am vrut să văd ce mai faci. De zece minute bat la uşă.

— Ştiu, te-am auzit! Bănuiam că tu eşti.

— De ce nu ai răspuns?

— Pentru că ştiam că o să intri oricum.

Ea stă pe pat. De data asta o altă femeie mai frumoasă decât cea cu care l-am găsit. Are sânii rotunzi şi fermi, iar sfârcurile sunt mici şi frumoase. Pielea albă şi fină luminează plăcut sub lampadarul de pe noptieră. Păr negru ondulat asortat cu ochii negri de pisică. Mă priveşte neclintită de parcă deja mă cunoaşte de o viaţă. Îmi zâmbeşte frumos, iar din când în când îmi face semn către Marcus. Eu stau nemişcată, iar el la fel.

— De ce nu te cobori din pat?
— De ce să cobor?
— Pentru că sunt aici. Aş vrea să beau ceva. Serveşte-mă! îi ordon pe un ton aspru. Simt că sunt ameţită şi parcă toată camera se află în ceaţă.
— Nu crezi că ai băut destul?
— De când îţi pasă ţie cât beau eu? Mi se pare că stâlcesc o parte din cuvinte? mă întreb în gând.
— De când te iubesc.
— Atunci, dacă mă iubeşti, ridică-te!
— De ce? Eşti geloasă? Nu îţi place de Natasha?
— Ştii foarte bine că nu sunt geloasă.
— Nu eşti, ştiu, dar puţină mâhnire simt în privirea ta.

Îşi aprinde o ţigară. Trage din ea, iar apoi îmi face semn să merg pe pat.

— Miroase îngrozitor aici! Iar în timp ce îmi rostesc îmbufnată nemulţumirile, mă îndrept spre geam să-l deschid. Geamul se află paralel cu patul, iar pe partea lui stă neclintită Naty, Nata-șha sau cum naiba o cheamă. Când observă că ajung în dreptul ei se întoarce spre mine. Îmi zâmbește frumos, își mișcă mâna asemeni unei păpuși, iar cu finețe îndrăznește să mă atingă. Pune mâna pe mine firav, iar când mă simte scoate un sunet de plăcere pe care cu greu reușesc să-l explic.

Dormitorul nostru se transformă într-o scenă în care gesturile încep să vorbească. Rafale de aer rece încep să intre în cameră și să o aerisească.

— Hai, vino lângă mine, Sveta!

Deși prezența ei mă incomodează, într-adevăr simt că sunt epuizată și că puțin din energia lui m-ar ajuta să-mi liniștesc corpul extenuat. Păstrez contactul vizual și fără să schițez vreun zâmbet mă îndrept către partea lui de pat ignorând cu totul ce se întâmplă pe partea dreaptă. Îmi dau jos cizmele, oftez, iar apoi mă trântesc în brațele lui ca și cum acolo aș putea să mor și să învii în același timp. Toată liniștea și fericirea mea, zbuciumul și patimile se află aici, în brațele acestea care deși acum învelesc și alte suflete tot pe mine mă iubesc cel mai mult. Nu este o certitudine, ci un simțământ. Gânduri și gânduri, emoții și patimi se îngrămădesc în corpul meu.

Mi-l doresc cu ardoare, îmi mângâie pielea emfatic.

Primește-mă în brațele tale ca și cum un arbore își primește păsările în coroana lui. Îmbrățișează-mi dorința, dă-i voie excentricului să mă pătrundă, caută-mă acolo unde nu exist uneori și sărută-mi coapsele ca și cum întreaga ta lume s-ar afla acolo. Îți încredințez ție sânii mei, acești nuri însetați după buzele tale, îți ofer nebunia mea, toate fanteziile și nevrozele. Ți le înmânez odată cu trupul acesta sfios și cu pielea albicioasă, iar sub puterea „hapsână" a corpului tău mă declar pierdută. Rătăcește-mă, supune-mă, pătrunde-mă, iubește-mă ca și cum ultima noastră suflare s-ar închina acum, în fața acestor patimi.

Îți primesc în mine mândria, sufletul și toate ironiile sorții, te primesc cu totul și mă las captivată de imaginația ta. Răsucește-mă, întoarce-mi inima pe toate părțile, pune-mă în poziții greu de definit și explică-i corpului meu toată iubirea ta. Apucă-mi sfârcurile cu dinții și prefă-te că-mi rupi din ei amărăciunea. Te primesc în mine ca un infern, ca un demon care ar putea să mă liniștească, te primesc în mine etern, iar la sfârșit vei deveni îngerul care mă veghează. Înfige-ți puternic în mine orgoliul și lasă-ți organul să-mi alinte pereții fierbinți ai vaginului, să mă îmblânzească, să-mi rătăcească toți fiorii prin corp, să se piardă în mine ca într-un labirint. Fă-mă să urlu de o durere străină, să-mi gem plăcerea înfricoșătoare, să mă sperii de tine și de noi și sărută-mă până când îmi voi uita numele.

Îmi simte vibrația corpului și plăcerea pe care mângâierea lui fină mi-o provoacă. Insistă, deși chiar în spatele lui femeia cu ochi de pisică mustăcește. Nu mă supără prezența ei, iar până în momentul acesta chiar am ignorat-o. Mișcarea ei m-a excitat atunci când și-a furișat privirea după fundul meu pe care Marcus l-a lăsat la vedere. S-a ridicat subtil într-un cot pe partea stângă cu vederea spre noi. Privește frumos și elegant, iar nimic din ceea ce schițează ea nu mă deranjează, ba din contră, simt că îmbrățișarea ei m-ar împlini.

Îmi îmbracă buzele cu limba, iar apoi o strecoară dincolo de ele. Corpul începe să se scalde în plăcere, iar frenezia ce mă cuprinde ar putea să cuprindă tot universul. Trupul se transformă în foc, iar căldura lui îmi încălzește acum și sufletul. Acolo unde arde prea intens, el are grijă să stingă, să-mi liniștească neliniștea. Se grăbește, iar cu sărutări caută fiecare loc încins să-l „stingă". Respectă cu desăvârșire tot ceea ce gândurile mele au tipărit cu degetele peste pielea lui. Sunt ahtiată după corpul său ca o gură însetată după apă, flămândă, lacomă și nebună.

Cu intensitate camera se transformă într-un labirint al plăcerilor. Lampadarul luminează difuz forme și diforme, iar pereții schițează trupuri goale, sâni și mâini provocatoare de plăcere. Un pictor cunoscut își respectă perspectiva, iar tot ce el desenează pe acești pereți nevinovați va dăinui ca o poveste. O muzică frumoasă îl acompaniază, sunete lungite, „ahh" și „mmm" care însoțesc perfect orchestra. Poziții nedeslușite, unghiuri proiectate perfect, sâni liberi în văzduh, fire de păr peste umeri goi, picioare și coapse alintate. Trupuri goale care se mint frumos și un pictor prea excitat pentru a continua desenul. Femeile s-au dezlănțuit, iar el își va continua tabloul, cu siguranță, mai târziu.

Capitolul 4

Ai omorât și ai înviat demoni cu zâmbetul și cu pasiunea ta.
Katia

— Unde vrei să mergem? o întreb pe Svetlana după ce urcă în mașină. Am așteptat-o să coboare din apartamentul unde locuiește Marcus un sfert de oră. Are ochii umflați, semn că a plâns, iar pe chipul ei observ și puțină fericire.

— Cum unde? Acasă, normal! De patru zile sunt pe drumuri, murdară și cu aceleași haine.

— Și iubită! afirm eu zâmbind.

— Degeaba...

— Cum adică degeaba?

— Nu vom mai fi niciodată împreună, s-a schimbat foarte mult. Aproape că nu-l mai recunosc.

— Dar și tu te-ai schimbat...

— Eu nu m-am schimbat. Situația m-a făcut să devin altceva.

— Da, o femeie curioasă și puternică!

— Iubirea noastră a devenit ca un drog. Te face să te simți bine, dar te și distruge în același timp. Iar pe mine lipsa lui mă distruge. Nu vrea să mai fim împreună pentru că mă iubește prea mult, așa mi-a zis...

— Voi întotdeauna ați avut o relație aparte, sunteți al naibii de diferiți. Nu înțeleg ce chimie și ce fizică vă desparte sau vă apropie.

— Nici eu nu îl mai înțeleg pe el, darămite pe noi. Mi-e tare dor de ce am construit împreună și de nebuniile noastre.

— Eu cred că și acum sunteți, doar că voi nu știți încă.

— La naiba, Katia! Nu, cred că am greșit prea mult. Apoi își duce palmele la ochi și le ține acolo până reușește să se relaxeze.

— Nu ai greșit cu nimic, el greșește acum. Pentru o iubire care există, cel mai mare păcat este să nu te bucuri de ea. Iar el refuză acum, el greșește.

Intervine tăcerea, eu îi aud gândurile, iar ea sigur le aude pe ale mele, iar după două minute de reculegere intervin bucuroasă.

— Ai dori să mergem într-o vacanță doar noi două? Mi-am luat concediu, e vară, este frumos, soarele ne-ar primi cu fericire în brațele lui.

— Katia, tu cumva ești îndrăgostită? Mi se pare că vorbele tale au prins contur frumos și pasional.

— Îți dorești sau nu să mergem într-o mini-vacanță?

— Îmi doresc, da! Dar am nevoie de haine și să fac duș.

— Mi-ai lăsat cheia de la apartamentul tău, așa că eu am avut grijă să îți iau câteva rochii, un costum de baie și ceva lenjerie intimă. Astăzi este joi, putem sta până duminică.

— Mi-ar prinde bine o vacanță și puțină relaxare. Marcus m-a epuizat psihic.

— Şi fizic nu? chicotesc în timp ce conduc.

Căldura lui iunie încălzeşte asfaltul atât de tare încât în zare ai impresia că el dansează. Un peisaj sublim se aşterne în faţa mea, munţi cu creste albicioase, verde crud odihnitor şi două inimi zbuciumate.

— Am făcut dragoste, sex şi mai mult de atât...

— Mai mult de atât?

— Da, cred că Marcus a luat toate femeile din oraş, iar în ele mă caută pe mine. În fiecare zi vine câte o femeie diferită la el.

— Nu-mi zi, aţi...?

— Da... am...

Deodată pune frână brusc, trage de volan dreapta şi opreşte maşina într-un scuar.

— Eşti nebună? Ce faci?

— Svetlana, te-ai culcat cu altă femeie?

— Cu altă femeie şi cu Marcus, da..., îmi răspunde zâmbind.

— Nu fi geloasă, a fost ceva frumos.

Îmi aprind o ţigară, deschid geamul şi încep să-mi bâţâi piciorul stâng. Nu m-am aşteptat la aşa ceva. Nu pentru asta am dus-o la el.

— De ce te superi?

— Nu mă supăr. Doar că eu te-am adus la el pentru a te împăca cu el, nu pentru asta... Să te bulverseze şi să profite de tine...

— Nu a profitat de mine... Cum adică să profite de mine?

Îmi întorc capul spre geam şi privesc în gol fără să scot un cuvânt.

— Katia, eu îmi doresc să mă împac cu el. Dar el nu. Am aflat de la o prietenă că şi-a schimbat viaţa complet. A intrat în anturaje dubioase, cu oameni care se droghează. Schimbă femeile mai ceva ca pe şosete. Crezi că nu mă doare să-l văd aşa? Ba da, mă doare enorm. Iar în prima seară când m-ai lăsat la el am plâns până am rămas fără lacrimi. Am plâns şi am făcut dragoste. Este totul meu, iar el nu reuşeşte să-mi acorde viaţa din cauza greşelilor pe care le-am făcut.

— La naiba, greşeli, Svetlana! Cu toţii greşim şi cu toţii merităm să fim iertaţi, mai ales în iubire. Iertarea este sacrificiul suprem al unei iubiri absolute. Ce păcat, ce păcat, ce păcat şi ce prost! Apoi bate cu mâinile pe volan.

Îmi aprind şi eu o ţigară, apoi îmi las capul pe scaun.

— Ce iubire şi ce patimi. Nici nu ştiu dacă întâlnirea cu el mi-a făcut bine sau rău.

— Măcar ai experimentat ceva nou.

— Nu a fost un experiment, ci...

— Un privilegiu... întrerupe Katia cu privirea fixată spre geam.

— Deja ştii, vezi!?

— Svetlana, eu îmi doresc să fii fericită sau dacă suferi şi vei suferi vreodată, să se întâmple alături de el. El ştie să te liniştească şi să te completeze. Noi două ne iubim, trăim o iubire frumoasă, dar nu completă. Jumătatea ta este el. Observ asta de când nu mai sunteţi împreună.

— Cum? Şi a ta este Artur?

— Cred că da.

Pornesc motorul maşinii, dau muzica la maxim, apoi accelerez. Lăsăm în urmă pajişti verzi şi câmpii imaculate. Între noi, timp de jumătate de oră se aşterne liniştea. Un moment în care fiecare contemplăm la alegerile pe care le-am făcut în viaţă, iar după un timp, într-un moment de sinceritate o întreb direct.

— Care a fost cea mai cruntă partidă de sex pe care ai avut-o în toată experienţa de curvă... pardon, damă de companie?

— Katia!? Chiar aşa? Mă faci curvă?

— Doar puţin... apoi îi zâmbesc şi îmi duc mâna dreaptă peste piciorul ei. Îmi place să o tachinez, iar faptul că ne permitem lucrul acesta înseamnă că suntem foarte apropiate.

— Ştii părerea mea despre cuvântul acesta, curvă, îmi spune râzând.

— Da, nu am uitat! Ştiu că pentru tine cea mai josnică femeie este cea care bârfeşte şi urăşte mai mult decât să iubească.

— Așa este, iar să fii curvă nu cred că este atât de greșit. Alte femei fac mult mai multe greșeli.

— Mi-ar plăcea să lăsăm alte femei în pace și să vorbim despre tine. Sunt tare curioasă prin ce momente erotice ai trecut.

— Îți voi povesti cea mai caustică experiență pe care am avut-o.

— Caustică? o întreb debusolată.

— Da! Așa am numit-o. Am avut parte de un bărbat fără milă, necruțător și aspru care și-a dorit să devin pentru el sclavă. Toată scena a fost dureroasă, dar și plăcută în același timp.

— Uhh! Sper să nu fac accident în timp ce-mi povestești. Stai să-mi mai aprind o țigară.

— Un bărbat de vreo cincizeci și șapte de ani. Am făcut sex de trei ori, iar la ultima, ce-a de-a treia, mi-a zis că pe următoarea și-o dorește în alt mod. Eu am simțit în timpul actelor că exagerează uneori cu palmele peste fund și cu trasul de păr, dar cuprinsă de vrajă și de supliciul cu care el mă domina, neglijam. A patra oară m-a invitat acasă la el. Nu știu dacă era însurat și nici ce familie avea, dar după casa pe care o avea mi-am dat seama că cercurile în care se învârte sunt sofisticate. Un bărbat cu bani extrem de manierat și docil, dar teribil de înverșunat atunci când făcea sex. Într-adevăr mă întorcea pe toate părțile, iar când îmi săruta pielea şi sânii, uneori aveam impresia că-şi doreşte să-i mănânce.

Mi-a ordonat să-mi dau jos hainele, să mi le pun pe un cuier adus de el şi să rămân doar în lenjerie intimă. Aproape de mine a adus un scaun apoi mi-a zis impunător.

„— Vreau să te aşezi, iar în seara asta să-mi fii sclavă. Vreau să te domin!"

Mă privea fix, iar din gesturi mi-am dat seama că eu trebuie să îi intru în joc.

„— Stai liniştită, curvo! Te voi plăti dublu sau triplu." îmi zicea în timp ce mă mângâia cu vârful degetelor pe spate.

„— Vreau să te domin, opune-te!"

Încă îmbrăcat el aştepta cu o privire violentă ca eu să mă opun, iar în timp ce-mi ordona, îmi duce mâinile la spate şi mă leagă cu o pereche de cătuşe. Eu am început să mă zbat şi să intru în joc aşa cum îşi doreşte.

„— Ţipă!"

Am început să mă zbat şi să ţip în acelaşi timp.

„— Mai tare!" îmi ordona, iar apoi cu palma începea să mă lovească peste picioare.

„— Mai tare!"

Încep să ţip, iar totodată să-mi induc starea de frică. El când m-a simţit şi a observat spaima pe chipul meu, un zâmbet crud i s-a afişat pe faţa îmbătrânită. Avea tot părul alb, ochii îi erau albaştri şi misterioşi. Îşi desface cureaua de la pantaloni, urmând nasturii, se eliberează de cârpele care-i acopereau organele genitale, apoi vine şi-mi forţează gura să o deschid. Eu mă impun şi într-un moment de scârbă sinceră îl scuip. Fără să realizez, acest lucru îl excitase foarte tare. Coboară cu faţa lui aproape de a mea, îmi cuprinde obrajii cu degetele, îi strânge brutal, iar apoi îmi bagă limba în gură şi o roteşte. Faza teatrală se terminase, iar mie chiar începuse să-mi provoace dezgust. Acest lucru îl determină să devină şi mai brutal. Îmi desface cătuşele, mă trage de mână şi-mi forţează corpul în genunchi. Mersul îmi devine împiedicat şi stâlcit. Vine în faţa mea, mă mângâie cu membrul erect peste faţă, iar apoi îmi zice: „Stai căţeao aşa cum îţi zic eu!" Îi înţeleg dorinţa şi-mi iau poziţia pe care el şi-o doreşte. Îl simţeam că explodează şi că în orice moment ar putea să termine, aşa că încep să ţip şi mai tare. Începe să mă penetreze brutal ca şi cum în locul muşchilor mei vaginali ar fi piatră nu stimuli. Lovea cu puterea unui taur nervos şi îmi izbea zona sensibilă fără ca el să ştie că eu chiar mă apropii de orgasm. Încep să zbier şi să mă zvârcolesc când simt că se apropie punctul culminant.

„Ţipi, curvo, ţipi pentru că ştiu că îţi place!" Şi chiar de asta ţipam. Pentru că forţa şi dorința pe care el o depunea în penetrare îmi atingea momentul culminant cu repeziciune. Un orgasm puternic mă învăluise, iar după puțin timp și el își atinge senzația de plăcere maximă. Sentimentul de descărcare a fost plăcut pentru amândoi, iar după finalizare, mi-a dat mâna, mi-a mulțumit, iar apoi a sărutat-o.

— Să înțeleg că deși îți provoca repulsie și durere ție îți plăcea? Uh, nu am trăit așa ceva niciodată și recunosc povestea ta chiar m-a excitat.

— Da, spre uimirea mea chiar am reușit să am parte de un orgasm foarte puternic ceea ce nu cu fiecare bărbat se întâmplă.

— Svetlana, după povestea asta... mmmm.

— Știu, îți vine să oprești acum mașina și să profiți puțin de mine.

— Da, exact! Să profit și să-ți provoc durere.

— Aș prefera să fac un duș și să mă liniștesc. Vom avea timp și de asta. Îmi spune serioasă și fără pic de vlagă.

— Mergem la mare!!! exclamă ea fericită. O stare la care a trecut în câteva secunde. Așadar, între tristețe fericire și sex nu este decât un cuvânt, frenezie. M-a uimit povestea ei, iar eu nu m-aș fi gândit niciodată că Svetlana mea, cea suavă și firavă ar putea să poarte pe tâmple asemenea povești. Când privești femeia aceasta la chip, suflet și corp nu îți poți imagina decât că ea face dragoste cu becul stins. Dar când răscolesc, căutând în profunzimea trupului ei descopăr certitudini despre care doar ea știe. Dobândește năravuri teribil de fierbinți pe care și le prezintă în taină doar persoanelor pe care le iubește. Corpul fin inspiră tandrețe, iar ochii verzi atât de jucăuși și iscoditori, mister. O femeie care greșește și iubește. Imperfectă în alegeri, dar dornică să descopere, iar pentru acest lucru nimeni nu o poate condamna. Curiozitatea nu este o caracteristică negativă. Cine este curios învață și înțelege viața, iar Svetlana mea a început să înțeleagă atât de frumos viața, încât fiecare încercare eșuată o face mai frumoasă. Dorința ei de a cunoaște o completează într-un mod atât de plăcut, încât tot ce o face imperfectă o ajută să fie perfectă.

*

Vara asta vreau să mă îmbăt cu liniște! Să plec în lume și să mă iubesc. Nu ascund nimic, sunt o femeie sinceră și arogantă uneori, am un corp mic pe care nu mă sfiesc să-l ascund de soare și de ochii lor. Vreau să trăiesc vara aceasta ca și cum ar fi ultima, să mă las iubită și mângâiată, să-mi urlu fericirea mării și a munților. Iubesc vara ca pe o amantă, o iubesc ca și cum ea mă iubește pe mine, mă respectă și mă divinizează.

Iubesc vara ca pe o femeie, una prea frumoasă pentru a-mi fi alături pe vecie...

Vara asta vreau să mă îmbăt. Să fiu criţă şi ameţită, mahmură şi cu dureri de cap. Nebună şi liniştită.

Eu şi Svetlana ne-am cazat la un hotel de patru stele, cochet şi frumos. Am lăsat bagajele în cameră, ne-am echipat pentru plajă, apoi, ca şi cum soarele şi marea îşi urlă dorul după noi, am fugit în sânul lor asemeni unor copii cu dor de părinţi.

Lume multă, fericire cât cuprinde. Muzica din staţiune răsună, iar energia ei ne ajută să uităm de unele neînţelegeri cu noi.

Alegem două şezlonguri mai retrase, undeva aproape de mare. Avem nevoie ca briza ei să ne pătrundă până în oase şi dincolo de ele. Să ne liniştească sufletul, iar gândurile să ni le pună în ordine. Îngădui să mă pierd în zare, linia orizontului să mi-o leg de ochi ca pe o eşarfă şi să mă eschivez de tot.

— Mă simt atât de bine şi de relaxată încât simt că mă excit.

Încep să râd.

— Ţi-ai intrat bine în acest rol. Tu cu marea.

— Da, eu cu marea o iubire sinceră. Mi-a fost tare dor de ea.

În timp ce rosteşte aceste expresii, realizez cât de mult ne asemănăm. S-a aşezat pe burtă, costumul de baie negru întreg îi conturează perfect corpul. Stă cu bărbia pe mâini, iar ochii ei verzi parcă intimidează marea. Ce potrivire...

— Ştii Svetlana, aşa realizez câtă nevoie avem de momente ca acestea. Şi doar când le avem, înţelegem că ele trebuie să fie cât mai dese.

— Da, ce frumos ar fi să ne bucurăm mai mult de viaţă şi de tot ce ea ne oferă, să iubim mai mult.

— De iubit cu toţii putem iubi. Puţini ştiu să aprofundeze.

— Eşti atât de frumoasă, Katia! Te simt împlinită, iar povestea de dragoste pe care o trăieşti acum cred că ţi se potriveşte perfect.

Un soi de melancolie pătrunde în inima noastră. Liniştea mării ne acompaniază, iar muzica ei se sincronizează perfect cu starea noastră. Dincolo de paharele cu vin înghiţite hain, de prea multe ţigări fumate, de greşeli şi iubiri groteşti, aceasta este liniştea fiecărui om. Marea cu toate secretele şi furtunile ei.

— Te iubesc, Svetlana! Te iubesc aşa cum iubesc marea. Vrei să facem dragoste?

— Ai înnebunit? Acum? Aici?

— Ar fi frumos. Palpitant, imaginează-ţi cum ar fi cu toţi ochii ăştia în jurul nostru...

— Hai să mergem în mare, hai, hai cu mine!!!
— Nu știu să înot, Katia!
— Nu e nevoie. Eu și marea vom avea grijă de tine.

Mă ridic brusc de pe șezlong și îi întind mâna. Haide, Sveta! Hai să facem dragoste cu marea.

Fierbințeala nisipului îmi transmite prin tălpi energie, iar în câteva secunde apa sărată crește adrenalina. O țin de mână strâns, valuri mici se izbesc de noi, iar agitația corpului îmi provoacă la fel ca un viciu, plăcere. Pătrundem într-un loc romantic, iar apa ne-a trecut deja de brâu. Lăsăm în urmă doldora de suflete și chibzuințe, ne îndepărtăm de timp. Îmi simt corpul foarte relaxat, iar eu deja profit de acest lucru. Broboanele mici pe piele, sfârcuri întărite. O ating ușor peste talie, apoi o trag brusc spre mine. Fața ei se schimbă, iar într-o secundă se transformă. Starea de frică îi dispare, iar senzualitatea și pasiunea se așază frumos pe chipul ei. Exact ca un machiaj care îi vine foarte bine. Închide ochii în timp ce îmi strecor degetele dincolo de materialul elastic al bikinilor.

— Mi-a fost dor de tine și de mirosul tău!

Îi simt umezeala dintre labii, masez cu mișcări du-te–vino până simt că o înnebunesc de plăcere. Reușesc să-mi sincronizez respirația cu a ei, iar apoi o gust. Gustul devine mai intens odată cu cel sărat al mării. Îi accentuează suculența și parfumul. Ling de pe degete toată seva ei, apoi o surprind cu un sărut rebel. Îmi doresc să o lungesc și să îi simt fiecare părticică, să îi adulmec durerile și să i le ling. Să îi sărut sânii nebunește, iar limba mea să se certe cu a ei. Să o trag de păr, iar ea să urle de plăcere, să îi sug clitorisul și labiile, iar apoi să i le alint. Să mă joc cu pasiunea ei la fel cum un artist s-ar juca cu formele unei femei de care este îndrăgostit. Mi-e dor de tine femeie, la fel cum mării i-a fost dor de noi și de pielea noastră. De atingerile vehemente și de sărutul acesta pe care ea îl cântă, femeie, cu fiecare val izbit de noi.

Ne aflăm într-un moment tensionat, iar fără să realizăm, am omis faptul că imaginea noastră ar putea să atragă priviri ucigașe. Tot felul de bărbați au început să se apropie de noi, iar eu într-un moment de luciditate mă echilibrez și o atenționez pe Svetlana.

— Rămâi așa, nemișcată! Dacă ne vom despărți brusc și mai tare atragem atenția.

Ne aranjăm costumele de baie, iar apoi, aprindem o discuție despre ce o să facem diseară. Începem să râdem, apoi să ne stropim cu apă, iar puțin câte puțin să ne retragem spre mal. Pâlcuri de bărbați curioși lăsăm în urmă. Iar pe bună dreptate eu îi înțeleg. Cine nu ar fi atras de două femei iubindu-se cu marea?

Se îngână ziua cu noaptea, iar noi iubim acest prilej. Scăldăm trupurile proaspăt dușuite într-o lumina slabă, cea în care apusul îmbrățișează și domolește. Marea parfumează, muzica întreține, vinul acompaniază. Tocuri cui împung parchetul camerei de hotel, iar noi încă nu aprindem lumina. Dârele de parfum înteţesc atmosfera, rochii aruncate, lenjerie intimă și mișcări suave. Pielea mutilată de soare conturează frumos corpul Svetlanei, iar lenjeria albă îi scoate în evidență fiecare formă. Poartă un sutien alb dantelat prin care sfârcurile se văd, iar bikinii se mulează perfect pe curburile feselor. Eu am ales negrul, pentru că personalitatea mea răspunde coerent acestei nuanțe. Am luat după mine vreo zece rochițe. O parte ale mele, o parte ale Svetlanei, iar în privința lor încă nu ne-am hotărât. Suntem la etajul cinci și afară atmosfera deja se încinge. Ne apropiem de ora zece, iar balconul camerei se află cu vedere la mare. Alegem să ne relaxăm privind spre ea. Eu m-am făcut comodă pe scaun.

— Ce prilej! Să poți lăsa marea să te iubească.
— Iar ea să îți răspundă, afirmă Svetlana aproape euforică.

Sunt multe întrebări pe care i le-aş adresa mării, dar dacă stau aşa, fix cum acest peisaj îmi serveşte, dacă m-aş relaxa şi aş închide ochii cu siguranţă răspunsurile deja mi s-au ştanţat pe retină.

— Te iubesc ca o nebună!
— Pe mine, sau pe ea?
— Pe amândouă! Vehemente, impulsive şi puternice.
— Katia, nu cred că aş putea concura cu ea.
— De ce nu? Orice femeie ar putea să o facă.
— Cred că tu mai degrabă...
— Eu... eu acum sunt îndrăgostită.
— Ştiam eu... îţi stă tare bine aşa.
— Cum?
— Îndrăgostită, Katia!
— Şi mai grav de atât, începe să îmi fie dor de el.
— Cum s-a întâmplat? Cum de până la urmă, după cele întâmplate sunteţi împreună?
— Să zicem că a fost acolo când am avut nevoie ca cineva să mă îmbrăţişeze. Iar pentru mine asta a contat foarte mult. Să ai alături pe cineva în momentele cruciale, momentele în care simţi că te scufunzi, este ca şi cum ai avea un colac de salvare atunci când puterea mării te ameninţă. Am avut clipe în care eu nu mai eram eu, ci o marionetă.
— De ce, Katia? Succesul tău a răscolit su-

flete și a vindecat inimi.

— Da, dar sufletul meu era distrus. Cred că dragostea lui a fost pansament pentru mine. M-a suportat așa și nu m-a lăsat nicio clipă singură.

— Ești o stea, eu ți-am urmărit evoluția și nicio secundă nu te-am pierdut din...

— Din ce, Sveta?

— Din suflet.

— Ba da, m-ai pierdut pentru câteva luni.

— Cred că amândouă am fost în aceeași situație.

Zâmbesc, iar acum realizez că așa a fost.

— Cred că cel mai important este timpul. Cel pe care îl avem acum. Am trecut amândouă prin etape grele, iar acum suntem împreună.

Svetlana se ridică de pe scaun, iar apoi vine spre mine. Îmi forțează picioarele, iar apoi își îngrămădește corpul mic lângă al meu. O strâng în brațe și o las să se adâncească acolo.

— Știi, pentru mine chiar a fost o perioadă grea. Am avut parte de întâmplări pe care nu credeam că am să reușesc vreodată să le pot povesti cuiva. Iar acum, fiind cu tine aici, simt că mă pot elibera.

— Ce s-a întâmplat? Ce ai pățit?

O mângâi, iar în același timp simt cum inima începe să galopeze. Își dă cu mâna prin păr, iar apoi oftează.

— Fiind extrem de curioasă şi luând viaţa în piept după despărţirea de Marcus, într-o noapte am decis să devin damă de companie, fiind într-un bar, după ce un bărbat în vârstă, şarmant şi elegant mi-a lăsat pe barul unde lucram, un bilet cu numărul de la camera lui. Într-o oră am decis să plec, dar nu spre casă, ci spre camera lui. Mă aştepta şi parcă ştia că voi ajunge. A fost o partidă de sex sălbatică, iar bărbatul a ştiut unde să lingă şi unde să sărute. M-a pătruns aprig, iar mângâierile lui au ajuns dincolo de oase. Au urmat apoi, două, trei, patru, cinci întâlniri cu el, apoi cu alţii. A fost frumos să mă descopăr, iar mirosul banilor a început să-mi placă. Eram invitată la tot felul de petreceri luxoase. M-am drogat, am băut şi am făcut sex cu bărbaţi pe care dacă i-aş vedea acum nu i-aş recunoaşte. A fost o perioadă pe care am numit-o „povestea". Iar într-o noapte, prezentă fiind la una dintre petrecerile lor, un grup de tineri bogaţi m-au invitat acasă la ei. Vorbele circulau repede, iar în cercul lor s-a aflat despre mine. Ştiam că nu sunt pe un drum pavat, şi că este posibil ca la un moment dat să mă rătăcesc, dar viaţa pe care o aveam îmi plăcea şi îmi dădea un sentiment instabil de nepăsare.

Am ajuns în casa tinerilor, o casă mare şi foarte luxoasă. Ne distram, ascultam muzică, iar deodată, unul dintre ei a început să mă lovească, gelos fiind pe unul dintre prietenii lui. Dansul pe care îl onoram i-l acordam prietenului și nu lui, posesor de mașini scumpe și a casei în care mă aflam.

— Sveta, doamne, oprește-te!
— Nu, ascultă-mă până la capăt, te rog!
— M-am transformat! Din femeia docilă și echilibrată în prostituată de lux. Bărbatul din seara respectivă m-a bătut crunt, apoi m-a violat până unul dintre prietenii lui a chemat salvarea. Nu sunt mândră de ceea ce am pățit, dar nici nu pot să mă complac. Este ceva ce am ales, am riscat, mi-a plăcut să fac sex și să primesc bani. Nu o iau ca pe o înjosire, ci ca pe o experiență. Cicatricile încă există, iar singura trăire stingherită este că mi-a fost dat să trăiesc puterea și ignoranța unui bărbat asupra femeii.

— Cum de i-ai permis?

În timp ce îmi povestește simt cum toată carnea tremură pe mine.

— A fost ca o secundă. Violul în sine nu este decât o rănire a sufletului, nicidecum a vaginului. Bărbatul nu și-a dorit trupul meu ca pe o bucată de carne cu sentimente, ci ca și cum și-ar fi cumpărat cea mai scumpă felie de carne de la carmangerie, s-a ușurat în ea, iar apoi a aruncat-o. El nu a înțeles că dincolo de piele există inimă și suflet. Și-a înfipt penisul tare și mult prea gros în mine, a lovit de două trei ori pentru a-și dovedi bărbăția, iar apoi a plecat. Sunt resemnată, iar în urma celor întâmplate am înțeles că nu plăcerea banilor sau a sexului poate împlini o femeie, nu, ci sentimentele care o împing pe aceasta să recurgă la unele fapte. Iar eu în momentele respective trăiam fără sentimente. Le rătăcisem undeva pe drumul dintre Orașul Vechi și Orașul Nou. Am vrut să aflu, Katia, ce înseamnă să fii satisfăcută, am vrut să aflu ce înseamnă pasiunea dusă la extrem, frumusețea apreciată de bărbați. Și am aflat! Fără dragoste și pasiune nu putem înțelege de ce trăim.

Oftez! Povestea ei m-a lăsat fără cuvinte din nou. Nu reușesc să mă adun și să o consolez.

— Nu ai cum să mă consolezi și nici ce să îmi zici. Completează foarte sigură pe ea după ce îmi citește o parte din gânduri.

— Știu că îți este foarte greu și probabil ești șocată de cum am reușit să ajung așa. Am ajuns până în așa hal pentru că am greșit, iar greșelile sunt frumoase până când ele ne transformă pe noi într-o greșeală a societății.

— Nu te doare?

— Ce să mă doară, conștiința? Da, mă doare, dar nu o regret.

— Mi-ar fi plăcut să fiu cu tine...

— Mie nu, probabil nu ai fi recunoscut nimic din mine.

— Ai devenit...
— Știu, un fel de tu...
— Doar că mult mai curioasă. Svetlana, orice lucru frumos are urmări negative.
— Probabil tocmai de aia există fericirea și frumosul.

Noaptea și-a intrat bine în drepturi. Oamenii mării forfotesc, caută fericirea ca într-un labirint plin de fericire. Iar atunci când fericirea este peste tot, ți-o dorești pe cea mai emancipată și cochetă. Se opresc ici colo, gustă câte ceva, dansează liberi, zâmbesc fără să fie forțați. În zare observ plaja, iar îngrămădiți ici-colo pe nisip, șed îndrăgostiții. Cum este posibilă atâta fericire fără să știi să te bucuri de ea? Simplu, durerea de dinainte. Privim marea ca pe o iubire pierdută și regăsită. Amândouă am trecut prin momente dureroase, iar acum ea ne recompensează.

— Vrei să ieșim? Să ne îmbătăm și să fim fericite? o întreb cu gândul să ne detașăm de trecut.

— Fericire, fericire, fericire. Ca un cuvânt norocos, completează Sveta.

— Libere să fim! adaug eu în timp ce-mi caut cu ce să mă îmbrac.

Alegem rochiile la întâmplare, culori diferite. Ochii noștri verzi se asortează perfect cu ținutele. Pielea bronzată uşor ne scoate în evidenţă zâmbetul, iar culorile părului lung, şaten, emană senzualitate. Ne-am machiat discret, iar cu noi nu luăm mare lucru, decât gentuţe mici în care furişăm banii.

Ne îngrămădim în mulţime ca într-un timp unde se scriu cele mai frumoase poveşti de dragoste. Romantismul curge, iar eroticul de pe fiecare chip incită. Nu poţi privi fiecare om în ochi fără să nu zâmbeşti. Minţile se violează în tăcere, fac sex sălbatic, iar dragostea care se înfiripă aici, iubirile groteşti care se nasc vara, dăinuie o viaţă.

Rătăcim nestingherite, zâmbim fără rost, uităm de pricopsire şi patimi. În fiecare colţ al staţiunii cineva ne urmăreşte. Ochii lor lipiţi de corpurile noastre nu mă supără, ştiu că suntem în siguranţă aici, şi că niciun om nu se poate transforma în animal atâta timp cât marea îl păzeşte. În baruri locurile sunt ocupate, iar paharele se izbesc mereu. Răsună a satisfacţie. Căutăm liniştite două scaune. Le găsim uşor chiar într-un loc relaxant şi vioi. Chelnerul ne zâmbeşte de parcă ne-ar cunoaşte de o viaţă, iar cei din jurul nostru la fel.

— Intuiesc că aţi venit să vă îmbătaţi, furişează barmanul siropos cuvinte spre inima noastră.

— Da, şi să ne simţim bine, îi răspunde Svetlana bucuroasă.

— Dragele mele, de asta sunteți aici, replică brunetul zâmbind.

Am avut norocul să stăm chiar la bar. Pe Svetlana o simt euforică la vederea barmanului.

— Îmi aduce aminte de...

— Știu, de tine.

— Da, de mine. Ce momente frumoase și câte amintiri mi-a oferit barul ăla. O perioadă...

— Pe care nu ai să o uiți niciodată. Ochii îi lucesc ca două felinare semn că amintirea de la barul unde a lucrat o împlinește.

— Nu aș avea cum, chiar nu...

Îl privește zâmbind, iar din gesturi îmi dau seama că se simte bine. Primim cocktailuri colorate cu umbreluțe în vârf, iar ospătărițele vin să ne ofere coliere de diferite nuanțe. Flori din hârtie, unite rând pe rând, apoi oferite oamenilor în semn de recunoștință. Muzica se potrivește cu tema localului, iar oamenii încep să danseze. Majoritatea sunt îmbrăcați cu culori deschise, iar noi, în rochiile negre, mergem să îi completăm. Ne unim ca într-un yin și yang, iar dansul, indiferent de felul în care se simte, este frumos. Cochetăm unii cu alții ca și cum povestea ne aparține. Suntem animatori într-un roman de dragoste cu final fericit, personajul principal fiind o femeie aprigă și frumoasă cu gust sărat și miros proaspăt.

Barul este situat undeva pe partea plajei, iar „ringul" pe nisip. Se dansează cu tălpile goale, fără tocuri cui și dureri de glezne. Liberi și lipsiți de inhibiții.

— De mult timp nu m-am mai simțit atât de bine! îmi spune Svetlana în timp ce ne îndreptăm spre bar să ne răcorim puțin cu băuturile preparate de barman.

— Așa este! Sunt tare fericită că sunt aici cu tine, Sveta!

— Eu nu sunt fericită, sunt în extaz! Este tot ce aveam nevoie. Acum încep să mă regăsesc. Ce minunat este ca în aceste locuri atât de frumoase să te regăsești.

— Nevoia de noi, cred că așa pot să denumesc aceste clipe, îi spun eu, Svetlanei în timp ce măsor tipul care se îndreaptă spre noi. Un bărbat galant, trecut de vârsta a treia, grizonat și teribil de sexy. Poartă o cămașă albă și pantaloni din in închiși la culoare. Încă nu pot desluși nuanța, dacă este bleumarin sau negru, dar cu cât se apropie realizez că zâmbetul lui este tot ce contează. Își ține paharul cu băutură în mâna dreaptă, iar în cealaltă încălțările. Pășește emblematic și boem, ca și cum povestea pe care o trăim acum este scrisă de el.

— Bună seara, Katia! mă salută el în timp ce se apropie de noi.

ULTIMUL ZBOR

Mie mi se pune un nod în gât și abia dacă pot să-mi controlez starea. Cine ar putea fi? Și oare de unde mă cunoaște și de ce se îndreaptă atât de impozant spre noi?

— Bună seara! răspund motivată, iar apoi îi întind mâna așteptând cu nerăbdare să îi aflu numele.

— Ne cunoaștem?

— Nu, nu ne cunoaștem personal, dar să zicem că te-am cunoscut citindu-ți cartea.

Svetlana zâmbește pe furiș, iar eu abia dacă pot să-mi mențin starea echilibrată. Mă încearcă o senzație de emoție teribilă amestecată cu atracție, pentru că acest bărbat este al naibii de sexy și de atrăgător. Nu cred că am întâlnit vreodată un bărbat trecut de cincizeci de ani atât de impresionant fizic.

— Mi-ai citit cartea?

— Da, și mi-a plăcut foarte mult. Felicitări pentru pasiunea expusă acolo.

— Nu încerca să mă minți, accept cu bucurie și criticile.

— Cine sunt eu să critic un artist care mânuiește atât de frumos cuvintele?

Aș vrea să știu cine ești. Îmi contrazic ideile în gând. Svetlana nu spune nimic, iar după cum respiră îmi dau seama că saliva ei formează flux și reflux după masculul din fața noastră.

Noi suntem cocoțate pe scaunele înalte din fața barului, iar el și-a proptit corpul ferm chiar în fața noastră. Îl privim insistent, iar de la atâta zâmbet începe să mă doară maxilarul. Sorb băutura de parcă nu ar avea alcool, împing paharul barmanului, iar cu privirea îi dau de înțeles că mai vreau încă unul la fel.

— Eu sunt Roderik! Iar după ce își rostește numele, zâmbește, ca și cum l-ar contura cu rânjetul său teribil de incitant.

— Svetlana. Îndrăznește excitată, iar apoi îi întinde mâna timid, ca și cum ar fi primul bărbat pe care îl cunoaște. Întorc privirea spre ea și mă încrunt, semn că nu îi înțeleg comportamentul.

— Mi se pare că personajul principal din carte seamănă foarte mult cu tine. Iar apoi își țintește ochii negri pătrunzători asupra decolteului ei, al Svetlanei.

— Înseamnă că ai citit cu atenție. Îl iau eu peste picior încercând să mai dezmorțesc atmosfera. O atmosferă încinsă în care el ba își mută ochii peste sânii mei, ba peste sânii Svetlanei. Are curaj, iar curajul lui nu mă supără. O face hotărât, iar atunci când privește parcă întreg corpul mi se cutremură.

— Am citit, da! Tot ce fac, fac cu atenție.

— Observ! răspunde Svetlana cu zâmbetul larg pe buze. Și ochii tăi analizează cu atenție dincolo de rochiile noastre. Cred că imaginația ta deja scrie despre sânii și sfârcurile noastre.

— De unde știi? întreabă el aproape încruntat.

— Cum de unde? Ochii niciodată nu mint, iar un bărbat de vârsta ta sigur cunoaște acest aspect destul de detaliat.

— Nu, nu. De unde știi că scriu? întreabă el aproape panicat.

— Așa mi-am imaginat. Pentru că ești prea profund în privire.

— Și agil, completez eu arcuindu-mi spatele.

Alcoolul ințetește și mai tare atmosfera. Svetlana îl privește îndrăgostită, iar eu mi-l imaginez deja stând între coapsele mele. Îmi mușc buza de jos la imaginea acestui gând, iar apoi suspin adânc. Muzica nu încetează să mă mângâie și nici să potolească euforia din mine, iar bărbatul acesta, masculul acesta fermecător îmi răstoarnă tot echilibrul doar cu o singură privire.

— Ce ați dori să mai faceți în această splendidă noapte de vară? întreabă Roderik după ce își termină băutura din pahar, aruncă încălțările lângă scaunele noastre, întinde mâinile, își lasă capul pe spate, iar cu privirea țintită spre cer începe să danseze. Noi îl privim entuziasmate ca și cum am privi un spectacol. „Se mișcă bine, moșul!", parcă încearcă să-mi spună Svetlana din priviri, zâmbind în același timp.

— Să ne distrăm! exclam eu în timp ce mă ridic de pe scaun. Ca un impuls necontrolat mă apropii de el. Începem să dansăm, iar când mă apropii, instant, de parcă cineva ar fi apăsat pe butonul „Katia se excită" starea impertinentă începe să mă invadeze. Valuri exagerate de căldură și plăcere mă inundă cu totul, iar când mă simte, își așază mâinile grele peste talia mea și cu ardoare îmi forțează corpul spre al lui. O mișcare brutală pe care nu știu dacă în momentul acesta să o cred teatrală sau excitantă.

— De mult timp te urmăresc și îmi doream să te cunosc. Nu m-aș fi așteptat niciodată să te găsesc aici.

— Marea reușește! Ea își strânge toți prietenii laolaltă. Simt siguranța când mă ține de mână, deși uneori îl simt că tremură și parcă pe lângă pasiune o vagă emoție îmi transmite. Alcoolul mă ajută să fiu fermă în cuvinte. Subconștientul știe că mă aflu în brațele unui cititor, dar corpul neagă cu disperare sentimentul acesta. Urlă după trupul lui ca un nebun.

— Prieteni? Crezi că suntem prieteni?

Ne apropiem tot mai tare, iar deși muzica este ritmică, noi ne balansăm pe un blues imaginar.

— Da, eu aşa cred! răspund îndoielnic.

— De când te-am citit am ştiut că între noi există o conexiune.

— Da, cum aşa?

— În primul rând pentru că te pricepi să transmiţi foarte bine, iar în al doilea rând pentru că aparţinem aceleiaşi lumi şi am impresia că noi doi gândim la fel.

Svetlana a intrat în discuţie cu barmanul. Zâmbeşte, uneori râde zgomotos, iar acest lucru mă linişteşte.

— Aparţinem aceleiaşi lumi?

— Da. Încă te ţin în suspans. Dar aş avea o curiozitate.

— Spune-mi! Apoi mă priveşte insistent ca şi cum negrul ochilor lui ar face dragoste cu verdele ochilor mei, iar de acolo s-ar naşte cele mai frumoase cugetări.

— Este adevărată povestea?

— Toate poveştile sunt adevărate dacă cititorul se regăseşte în ele.

— Şi nu numai, Katia!

— Ce ar putea fi mai mult de atât?

— Adevărul este undeva la mijloc, simt asta. Sunt bărbat, iar experienţa de viaţă cred că mă ajută uneori.

— Te ajută, dar nu te face să şi înţelegi.

— Ba da, am înţeles perfect. Povestea ta am

înțeles-o perfect și cred că uneori chiar dincolo de ea. Scene erotice pasionale și îndrăznețe. Cine ar crede că este o plăsmuire, când iubirea dintre voi două este atât de prezentă?

— Adică dintre personaje vrei să zici? îl completez eu serioasă.

— Dintre personajele cărții și cele reale, completează el.

— Personajele cărților întotdeauna se potrivesc diferit cititorilor, dar cel mai important este ca ei să se regăsească în ce punem noi pe hârtie.

— Da, întotdeauna am considerat că noi, scriitorii, dacă ne dăm interesul să mânuim bine vocalele și consoanele, cu ecoul lor am putea vindeca și cele mai adânci răni ale sufletului. M-am gândit mai bine și cred că până la urmă voi fi nevoit să îți dezvălui misterul mai repede decât credeam.

Discuția aprinsă a oprit dansul, iar deocamdată doar mâinile noastre îndrăznesc să se mai încumete în mișcări lente uneori.

— Abia aștept să aflu, răspund extaziată.

— Acum câteva minute ți-am zis că aparținem aceleași lumi.

Când doi oameni aparțin aceleași lumi, iubirea și pasiunea îi unește.

— Da, așa mi-ai zis. Dar probabil eu am înțeles diferit această afirmație.

— Eu nu mai locuiesc de mult timp aici,

aparțin altei țări. Doar în vacanțe și vara vin. Am câteva afaceri și din când în când vin să le controlez.

— Bănuiesc că ai oameni de încredere care se ocupă de afacerile tale, din moment ce nu mai locuiești aici...

— Da, oameni foarte buni și devotați cu un caracter foarte rar întâlnit în zilele noastre, dar hai să nu deviem de la subiect. Deci lumea din care facem parte ne aparține. O lume aparte. Repetă iarăși, încercând să pună accentul pe acest lucru. După cum mă privește și îmi ține mâna pe talie chiar îmi doresc să aflu tot ce ține de el. Îmi cuprinde fața cu mâinile, mă sărută tandru pe frunte, înmulțește în corpul meu fiori, apoi mă îmbrățișează.

— Ce femeie, Katia! Ce femeie minunată ești!

Începe să mă sperie reacția lui, dar totodată să mă liniștească. Ce ciudățenie...

— Mi-ar plăcea să citești și cărțile scrise de mine cândva...

— Scrise de tine? Și deschid larg ochii către el, apoi mă desprind brusc din brațele sale puternice.

— Da, ți-am zis că...

— Aparținem aceleași lumi... parafrazez stupefiată.

Îmi mut privirea spre mare, iar apoi îmi dau cu mâna prin păr. Îi zâmbesc și într-un moment de tăcere încerc să reiau toată conversația. Parfumul lui se izbește de mine ori de câte ori briza mării adie, iar eu nu știu cum să-l abordez. Deodată, o parte dintre cugetări mi se transformă, imaginea lui în gândurile mele prinde alte nuanțe. Eroticul rămâne, dar se schimbă atitudinea.

— Ți-ar plăcea să mergem în alt loc să ne distrăm? spune dintr-o dată Roderik.

— Cu tine? Așa...? îl întreb buimăcită.

— Da, cu mine. Nu tu ai zis că vă doriți să vă distrați?

— Până una–alta, nu ai vrea să încercăm măiestria barmanului? Face niște shoturi foarte bune pe care aș vrea să le încercați!

Mergem spre bar, iar el mă ia de mână ca și cum i-aș aparține.

— Și unde ai vrea să mergem? îl întreb după ce dăm primul rând de shoturi.

Svetlana când aude, cască ochii la mine și cu un semn disperat îmi dă de înțeles că nu vrea să meargă.

— Într-un loc special care sunt sigur că o să vă placă.

— De unde ești atât de sigur? intervine Svetlana.

— Pentru că îmi inspirați acest lucru.

— Sveta, Roderik este scriitor, o avertizez extaziată.

— Scriitor? întreabă debusolată, de parcă tocmai a primit o veste care ar putea să-i schimbe viața.

— Da, dar încă nu mi-a spus cât de cunoscut, tachinez eu discuția zâmbindu-i afectuos.

— Ce veste! răspunde ea. Acum încep să înțeleg privirea insistentă. Înseamnă că am avut dreptate când am zis că imaginația ta scrie...

— Ce încântătoare sunteți amândouă. Afirmă el după ce într-un mod plăcut execută o mișcare cu brațele. Și le întinde frumos apoi zâmbește. Ah, zâmbetul ăsta simt că-mi învie toți hormonii.

Simt un aer diferit de al nostru, iar prin gesturi îmi dau seama că într-adevăr aparține altei țări. Gesturi fine, gândire diferită, galant și elegant în discuții. O apariție diferită care sigur excită corpul multor femei. Vârsta pe care o are i se potrivește perfect, iar eu nu mi-l pot imagina nici mai tânăr și nici mai bătrân. Este perfect așa. Bănuiesc că are un metru optzeci și cinci în înălțime. Părul cărunt ușor cârlionțat pe părți fiind în concordanță perfectă cu pielea puțin măslinie. Aș crede că bărbatul acesta așa s-a născut, splendid și niciodată altfel.

— Unde ați dori să ne duceți în noaptea

aceasta de vară, domnule scriitor? întreabă Svetlana în timp ce își unduiește corpul. Cele două rânduri de shoturi încep să ne învăluie, iar starea noastră să se schimbe. Nu a mințit când a zis că barmanul se pricepe la shoturi!

— La clubul meu, afirmă Roderik foarte sigur pe el.

Barmanul zâmbește când îl aude, iar eu am timp să-l observ în timp ce îmi sorb băutura.

— La clubul tău? se miră Sveta.

— Da, vreți să veniți? Eu îmi doresc foarte mult să vă arăt spațiul pe care l-am creat.

Sveta îl fixează, iar eu caut cu privirea ochii barmanului care mi-a dat de înțeles prin zâmbetul lui că știe cine este. Îl întreb tacticos dacă este în regulă, iar el îmi răspunde în semn pozitiv din cap, iar apoi cu mâna că totul este ok.

— Și ce fel de club este? îl întreb eu curioasă pe scriitor.

— Unul diferit, Katia.

Deși amândouă suntem puțin sceptice, simt că nu am avea nimic de pierdut dacă am merge. Îl rog să ne dea adresa clubului.

— Să ne lași adresa. Vom veni cu un taxi.

— Dar vă pot duce cu mașina mea.

— După ce ai băut? îl interoghez iritată.

— Nu este departe, chiar aici la câteva străzi.

— Îmi pare rău, dragul meu. Este de înțeles

ca tu să îți riști propria viață, dar noi nu vrem să riscăm.

— Domnule scriitor... completează Svetlana, apoi îl fixează lung.

— Respect decizia, doamnele mele, iar tot respectul meu vă aparține. Vă aștept la clubul *Autumn* de pe strada Frunzelor, numărul cinci. Își pune mâna la piept apoi se înclină. Fața îi este conturată din nou de zâmbetul care învie hormonii, iar eu mă gândesc pentru două secunde: „Oare câți de vârsta lui arată și se comportă așa?"

Capitolul 5

Oricât de puternică ar fi o femeie, cuvântul unui bărbat inteligent ar putea da jos de pe ea și cea mai scumpă rochie din lume.
Katia

— Pe strada Frunzelor, vă rog!
— Ce număr? întreabă taximetristul folosind un accent diferit.
— Numărul cinci, îl înştiinţez eu.

Nu ştiu cât este ceasul şi nici nu mă interesează. După ce Roderik a plecat de la barul unde ne-am cunoscut, noi am mai rămas cam jumătate de oră să ne terminăm băuturile şi să stăm de vorbă cu barmanul. El ne-a pus în temă cu ce se întâmplă acolo şi ne-a zis că totul este în regulă, chiar dacă localul este mai deosebit decât restul cluburilor din staţiune. Ne-a explicat ce fel de oameni îl frecventează şi dacă ne dorim să încercăm ceva nou şi diferit putem să mergem liniştite. Locul este păzit mereu de jandarmi, pentru că acolo merg persoane publice şi nu poate intra oricine.

Roderik ne-a lăsat numărul de telefon pentru a-l suna când ajungem. A zis că va ieşi în întâmpinarea noastră.

Suntem avertizate că vom intra în incinta clubului după ţinutele extravagante ale femeilor care merg spre el. La intrare stau de vorbă bărbaţi îmbrăcaţi elegant şi femei extrem de cochete. Nu sunt mulţi, iar localul nu pare a fi foarte mare. Afară sunt circa zece oameni, iar îmbrăcămintea şi comportamentul lor parcă mă transpun într-o lume de poveste. Undeva, într-un colţ, cămaşa alba, părul cărunt completează scena. Îmbrăcat modest pe lângă ceilalți, masculul șarmant dă semne că nu își dorește să iasă în evidență. Fumează o țigară, iar inima mea tresare când ochii o anunță că scriitorul, bărbatul seducător, masculul formidabil este afară și parcă ne așteaptă.

Plătim taximetristului, iar apoi coborâm. Când ne vede, zâmbește, iar în timp ce vine în întâmpinarea noastră își depărtează brațele ca și cum deja ne îmbrățișează de la distanță.

— Vă așteptam frumoaselor! Sunt tare bucuros că ați venit.

Eu mă lipesc de el mai tare și îi șoptesc la ureche:

— De ce nu ne-ai spus ce fel de club este?
— Pentru că nu am vrut să vă sperii.
— Așa de fricoase părem? încă îi șoptesc. El mă prinde cu mâna dreaptă de talie, iar apoi îmi răspunde.

— Nicidecum, sunteți înfricoșător de frumoase și pasionale, iar voi sunteți o inspirație bună pentru mine.

Intrăm în club. Jazzul răsună ispititor, iar deodată simt că pătrund într-un alt anotimp. Ca într-un început de toamnă călduros și melancolic. Siluete desenate pe pereții arămii îmi conduc imaginația spre o lume a pasiunii. Nimic opulent, canapele din catifea de culoarea cafelei și un miros unic, o combinație de mosc, scorțișoară și frezie. Locul nu exprimă veselie, ci relaxare, oamenii zâmbesc, iar femeile se mișcă natural. Observ chipuri cunoscute și ici–colo sâni la vedere. Nimic extravagant, doar o formă naturală a iubirii. Lumina difuză și galbenă împerechează timpul cu dragostea ce plutește în aer. Aici totul pare perfect și liniștit, iar cine a creat acest loc, sigur în mintea și inima lui se petrec lucruri deosebite. Erotismul îl simt subtil, ca o alinare, ca o mângâiere străină și pasională, ca un dor. Ceva ce îmi cotrobăie simțurile într-un mod unic și nemaiîntâlnit de mine.

— Haideți la bar! Știu că aici vă potriviți cel mai bine, ne îndeamnă Roderik.

Pășim în liniște acolo unde el ne conduce. Podeaua este de un maro deschis, iar când pășim pe ea, din când în când, parcă tocurile ni se afundă în lemnul moale.

Barul este potrivit ca mărime, culoarea lui asortându-se cu pământul. Un maro vesel și plin de energie. Barmanul ne primește serios, dar în același timp atrăgător. Poartă mănuși albe, iar costumația alb negru îi scoate în evidență ochii și trăsăturile fine. Când ajungem în dreptul locului unde el așteaptă să ne servească cu băuturi, zâmbește subtil. Așteaptă manierat să ne așezăm pe scaunele elegante și înalte, apoi începe să vorbească.

— Bună seara. Cu ce vă pot înveseli?

Cu ce ne poate înveseli? îmi întreb eu subconștientul. Cu tine, ar fi perfect, sau nu, mai bine cu el, ahh, ce se întâmplă, simt o senzație ciudată, iar eu încă nu am băut de-ajuns. Gândurile mele o iau razna, iar la întrebarea adresată de barmanul ucigător de atrăgător, cu o privire de fier, care parcă deja mă pătrunde, doar Svetlana reușește să răspundă. Spre surprinderea mea, reușește să se echilibreze mult mai bine.

— Am dori o sticlă cu vin roșu, sec. Un vin bun care să se potrivească cu locul acesta atât de frumos, îi spune Svetlana extrem de încântată barmanului.

Mesele din fața canapelelor sunt mici, iar culoarea lor încă nu o pot desluși pentru că uneori am impresia că sunt negre, alteori bleumarin. Undeva, într-un colț vizibil în toată locația, este poziționat un fotoliu de culoarea vișinei cu rame aurii. Este urcat pe un piedestal, iar când îl privesc îmi imaginez că o femeie este acolo. Vrând-nevrând în acest loc imaginația mea începe să funcționeze. Mă relaxez și admir fiecare detaliu al locului.

— Ce părere ai Katia? întreabă Roderik curios.

— Despre? îl interoghez relaxată. Nu știam dacă mă întreabă despre vin, oameni, muzică, loc... pentru că tot ce vedeam simțeam că merită laude.

— Locul. Cum ți se pare?

— Neașteptat! îi răspund, iar apoi mă gândesc dacă am găsit cuvântul potrivit.

— Ce te-a inspirat să creezi așa ceva? Este ceva deosebit, completez cu speranța că voi fi mai explicită.

— Natura! Toamna este anotimpul în care eu renasc, iar toamna m-a inspirat să creez acest loc.

Spațiul este lung, iar de la intrare și până la bar sunt poziționate mesele cu canapele, iar undeva, în spatele lor, la două trei mese distanță, retrase într-o lumină difuză sunt paturi din catifea vișinie cu rame aurii și deasupra baldachine de culoarea untului. Observ din când în când corpuri pătrunse de pasiunea din acest loc. Nu știu dacă fac sex sau doar se relaxează. Nu știu nimic, dar cert este că orice ar face, în acest loc este permis, pentru că nimic și nimeni nu te-ar privi cu desconsiderare.

— Mă simt în siguranță aici! exclamă Svetlana, parcă citindu-mi gândurile.

— Sunt bucuros să aflu asta, replică Roderik care este poziționat în picioare chiar lângă ea. Pentru asta am creat acest loc, pentru siguranță și relaxare. Pentru iubire și pasiune. Mi-am dorit să compun un loc unde oamenii pot veni fără constrângeri. Într-adevăr, trebuie să fii cu conștiința împăcată pentru a călca pragul acestui loc. Să poți accepta că sexul, dragostea și pasiunea sunt un grup de sentimente care întregesc ființa. Cel care se sfiește și nu reușește să accepte libertatea corpului uman, nu poate suporta adevărul acestui loc.

— Am simțit aceste sentimente de când am intrat, adaug eu liniștită.

— Știu. Ți-am analizat fiecare mișcare, îmi spune el cu sinceritate.

Svetlana zâmbește, iar atracția dintre noi o gesticulează apropiindu-și palmele.

— De ce ai făcut asta? îl întreb surprinsă.

— Pentru că mă atragi și pentru că te ador.

— Nu crezi că este cam mult?

— Ce să fie cam mult? Să fiu sincer? Asta simt, asta îți spun draga mea. Iar vârsta pe care o am nu-mi permite să mă complac în minciuni.

Contactul vizual nu lipsește, iar el aproape că mă iubește cu ochii mai mult decât o face cu vorbele. Mă privește serios, iar când pupilele lui se întâlnesc cu ale mele simt că o nouă poveste se scrie. Ne iubim fără să știm, iar în timp ce o facem inimile noastre se zdruncină.

— Mi se pare că totul se întâmplă prea repede.

— Când este vorba despre atracție nu cred că poate sta în calea ei vreo teorie despre chimie sau fizică. Atracția sexuală, eroticul, pasiunea este sau nu, există și unește două minți și trupuri sau nu.

Replica lui mă intimidează. Mă face să contemplu vreme de câteva minute la ceea ce mi-a zis. Tăcerea dintre noi mă înspăimântă, iar furtunile pasiunii care se dau în corpul meu îmi distruge o parte din neuroni. Nu pot gândi mai departe de privirea și corpul lui. Mă fascinează așa cum nu a reușit niciun bărbat să mă fascineze până acum.

Urmează o melodie cunoscută, un *cover* interpretat de saxofonist, care răsună frenetic, iar vinul cu note extravagante îmi învăluie mintea și corpul în cel mai frumos mod. O atmosferă erotică cuprinde tot localul, iar câteva cupluri, sau pur și simplu oameni și femei care-și împărtășesc sentimente, dansează. Roderik îmi întinde mâna atât de elegant încât în acel moment am crezut că mi se întrerupe respirația și că aș avea nevoie de resuscitare. El îmi înțelege emoția, iar când îi întind mâna și pielea noastră intră în contact simt că aș putea înnebuni, iar apoi vindeca. Atingerea lui îmi calmează toate luptele care se dau în mine, iar odată ce ajung în brațele lui reușesc să mă liniștesc. Mă strânge la pieptul lui euforic de parcă şi-ar dori ca eu să aflu ce este dincolo de el.

— Nu ştiu de unde ai apărut şi cine eşti, şi nici nu mă interesează, femeie! Îmi doresc să te am, dar nu prea devreme. Îmi doresc să fac sex sălbatic cu tine, dar nu acum. Orice contact cu pielea şi ochii tăi mă înnebunesc. Eşti ca o scorpie purtătoare de venin sacru. Nu doar că-mi otrăveşti sufletul cu el, ci şi mintea.

— Îţi doreşti să mă ai, dar nu acum? De ce? Cuvintele lui mă excită. Simt cum mă ud. Cine este acest bărbat şi de ce îşi permite să-mi tulbure simţurile în acest hal?

— Pentru că eu îmi doresc altceva.

— Ce? îl întreb la fel de excitată. Orice mi-ai cere, promit să-ţi îndeplinesc... îmi zic în gând.

Capul meu este lipit de pieptul lui, iar mâinile înspăimântător de pasionale stau lipite de spatele meu. Din când în când le mişcă pe ritmul muzicii. Paşii ni se sincronizează perfect, iar el este un dansator bun.

— Îmi doresc să devii pentru mine o muză. Fiecare mişcare a ta mă inspiră. Iar ochii tăi nebuni îmi răstălmăcesc gândurile. Vreau să te văd goală, erotică şi senzuală. Mintea ta este un cumul de idei frumoase, iar ce se înghesuie acolo îmi provoacă o dorinţă arzătoare de a vedea mult mai mult de atât. Vreau să văd cu ochii mei ce ai scris în carte.

— Adică? o întreb încurcată.

— Niciodată nu am văzut real două femei cum se iubesc. Este ceva ce îmi doresc să văd de o viață și uite că până la vârsta mea nu am reușit.

— Să nu-mi zici că...

— Ba da, asta vreau! întrerupe fulgerător. Vreau să-ți admir flacăra cum mocnește, iar eu să fiu aproape, vreau să simt căldura ei.

— Nu se poate! Svetlana sigur nu va fi de acord.

— De ce să nu se poată?

— Încerci să mă ademenești cu vorbele tale frumoase. Știu că ne apropie ceva, un fel de sentimente pe care momentan nu le pot explica, dar acum cred că mergi prea departe. Îmi depărtez corpul de al lui și încerc să-i dau de înțeles că este prea mult ce își dorește.

— Așa crezi, dar eu nu vreau decât să mă uit, atât. Uite, Katia, îmi dau cuvântul că nu te voi atinge nici măcar cu vârful degetelor, deși îmi doresc enorm să aflu ce povești sunt scrise pe ea.

Starea îmi este profund afectată de ceea ce el naște în mine, dar eu reușesc să mă echilibrez și să contemplu cu insistență la ceea ce el își dorește.

— Ați devenit o inspirație încă de când ți-am descoperit paginile. Iar când v-am văzut cum dansați am știu că povestea este adevărată... mă rog, povestea voastră de iubire, restul nici nu mă interesează.

— Suntem doar inspirație sau și fantezie pentru tine?

— Nu vreau să te mint. Cred că amândouă...

Nu știu de ce, ori faptul că m-am îndrăgostit de el, ori pentru că mă fascinează, corpul și mintea lui îmi oferă siguranță. Cum este posibil ca o singură noapte să-mi transforme toate gândurile?

Melodia se termină, iar el îmi mulțumește sărutându-mi mâna. Credeam că de mult au apus aceste gesturi, dar uite că ele încă mai dăinuie chiar și în momente ca acestea.

Ne apropiem de bar, acolo unde Svetlana ne așteaptă. Pare să nu fie plictisită, ci mai degrabă melancolică și puțin tristă. Știu ce se întâmplă cu ea și că își dorește ca Marcus să îi fie alături. O las în pace, iar când mă apropii de ea încep să zâmbesc apoi să o iau în brațe.

— Cum te simți, Svetlana? o întreabă Roderik după ce bea puțin din paharul pe care îl are pe bar.

— Sunt bine. Admir atât cât reușesc locul pe care tu l-ai creat.

— Mă bucur că îți place. Ce ți-a atras în mod evident atenția?

— Scaunul și paturile așezate atât de misterios în spatele meselor.

— Te incită?

— De ce mă întrebi?

— Pentru că sunt curios.

Am impresia că Svetlana a înțeles din cuvintele lui despre ce este vorba, iar eu, fără să stau pe gânduri aduc în discuție dorința lui.

— Svetlana... Roderik își dorește să ne vadă...

— Să ne vadă? întreabă ea încruntată. S-a amețit puțin și parcă răstălmăcește cuvintele. Își pune paharul pe bar, iar apoi se uită debusolată la mine.

— Dar, nu ne vede? Suntem aici, chiar lângă el.

— Nu, Sveta. Vrea să facem dragoste, iar el să se uite. Mă rog... să ne admire. Insistă că am putea fi o inspirație pentru el.

— Și tu îl crezi? mă chestionează din nou pe un ton calm.

Roderik stă chiar lângă noi și ne urmărește discuția pe care o purtăm ca și cum el nici nu ar fi acolo.

— Nu știu! Pare a fi destul de sincer.

— Este un străin. Orice străin pare să fie sincer.

— Simt că a întrecut măsura cu această propunere, dar când m-a privit în ochi acolo i-am observat sinceritatea.

— Katia eşti naivă! Ce se întâmplă cu tine? Niciodată nu te-am văzut aşa.

— Mă cerți?

— Da, ai grijă de moliile care te-au invadat.

Roderik se simte stânjenit de replicile pe care Svetlana mi le aruncă. Cred că s-a amețit cam tare, iar acum îi arde să-mi țină predici.

— Dacă doriți, aş putea să vă ofer răgaz. O să plec, iar voi puteți discuta în linişte.

— Ar fi bine, afirmă înțepată Sveta.

Roderik ne părăseşte, iar eu mă urc pe scaunul din catifea de culoarea cafelei. Are spătarul înalt, iar marginile sunt din lemn vopsit într-o culoare caldă, aurie.

— Katia, te-ai îndrăgostit!

— Iarăşi, da, aşa cred.

— Cum naiba ai reuşit atât de repede?

— Şhhht! Nu se cade să vorbeşti atât de urât într-un loc ca acesta, Sveta.

— La naiba, la naiba, la naiba! Revino-ți!

O simt că se enervează, iar eu pun mâna repede pe paharul cu vin şi-l apropii de al ei.

— Noroc! Apoi o privesc tandru...

— Noroc! răspunde ea, strâmbându-se.

— Eşti prea serioasă, Svetlana! Ce se întâmplă? Suntem doar într-un loc diferit pe care, şi te înțeleg, nu îl poți accepta pentru că este perfect.

— Este prea frumos ca să fie adevărat. Înțelegi? Nu aş avea nimic împotrivă să fac dragoste cu tine pe paturile de acolo. Iar apoi îşi întinde mâna să mi le arate. Este prea perfect, putem face dragoste, sex, îl putem lăsa pe el să ne privească. Acest gând mă excită la nebunie, doar că...

— Doar că ce? Relaxează-te! Încep să o mângâi pe frunte, apoi prin păr. Ştiu că alintul meu o va relaxa. Închide ochii, iar de la o secundă la alta îi simt corpul cum se destinde. Mă apropii de ea uşor, iar după ce iau o gură cu vin o surprind cu un sărut.

Buzele noastre se contopesc, iar umezeala lor ajută limbile să alunece dincolo de ele. Fiori adânci încep să mă răscolească, iar pasiunea să ne ocupe trupurile. Îndrăznesc fără oprire să o ating, iar mâna dreaptă să mi-o strecor direct spre sânul ei stâng. Îi dau sutienul la o parte, iar apoi încep să i-l masez. Când simte că sărutul nostru duce spre o stare extremă de excitare, se îndepărtează. Mă priveşte, apoi îmi cuprinde mâna cu a ei. Se dă jos de pe scaun, apoi mă trage. Nu mă aşteptam să cedeze atât de uşor.

Drumul ei devine unul singur, patul care se află în partea dreaptă a barului, iar lumina caldă şi difuză care este poziţionată pe el, parcă ne îndeamnă să mergem acolo să-l desfătăm cu dragostea noastră. Nu înţeleg stările prin care tocmai trece. De la negare la acceptare de obicei este un drum lung, Dar uite că acum, în situația în care ne aflăm, pentru ea a fost teribil de scurt. Mi-aș dori să o întreb ce a făcut-o să renunțe atât de ușor.

Se lungește pe pat, frenetic, iar apoi începe să se mângâie. O privesc și în timpul acesta simt mâini puternice cum îmi cuprind talia pe la spate, apoi un sărut intens îmi desfată gâtul. Recunosc parfumul și evit să mă întorc cu fața spre el. Îmi reazem genunchii de marginea patului, iar cu mișcări diabolice, mă apropii de ea. Genunchii se afundă în materialul fin, încă suntem îmbrăcate, iar tocurile pe care le avem în picioare fac ca scena să devină mai intensă. În fața patului, lui Roderik, îi este adus un fotoliu, el își aprinde un trabuc și apoi se face confortabil. Aud cum oftează.

Continuăm sărutul pe care l-am început la bar, iar în compania muzicii care parcă se destinde după pasiunea noastră, lăsăm corpurile în compania extazului. Eu sunt deasupra ei și cu mâinile cotropesc flămândă trupul tensionat. Dau jos cu blândețe rochia ce îi venea atât de bine și îi las la vedere lenjeria albă care atât de frumos se potrivește cu pielea ei. Încep să o ling și să îi dezmierd pielea cu mișcări circulare umede. Îi mușc sfârcurile fin prin sutien și croiesc pe pielea ei un drum senzual spre locul unde plăcerea se scurge.

Poziţia mea, cea în care fesele îi servesc lui Roderik drept o imagine sexuală dorită de toţi bărbaţii, îl face să scoată sunete de dorinţă din când în când. Îmi curbez spatele când simt vibraţia gemetelor lui, apoi scot şi mai tare în evidenţă fundul ca şi cum mi-aş dori să mă desfete cu un sex oral, iar apoi să mă pătrundă.

Labiile ei sunt delicioase, iar sucul ce mi-l serveşte îmi hrăneşte setea de ea. Mirosul ei mă înnebuneşte. Iar sunetele înfundate şi prelungi îmi dovedesc că limba mea o transformă din starea normală într-una extrem de tensionată. Îmi ridic braţele şi cuprind cu degetele sânii săi tari şi nu încetez până atunci când simt că limba mea serveşte clitorisului ei un orgasm intens. Începe să tremure şi să se zvârcolească, iar în momentul acesta o apuc de mâini, iar eu continui cu mişcările aşa cum bazinul ei îmi dictează. Îşi freamătă de dorinţă corpul şi geme de parcă înăuntrul ei s-ar produce un chin. Mă imploră prin sunete vagi şi înflăcărate că îşi doreşte să o pătrund. Iar eu, jucându-mi rolul aşa cum îşi doreşte, îmi umezesc două degete şi apoi o ating acolo unde muşchii se contractă, urmând să le îndes acolo până o simt satisfăcută pe deplin. Păstrez contactul vizual, iar după ce ea îşi anunţă finalul, îmi cuprinde corpul cu mâinile şi mi-l trânteşte împătimită peste catifeaua care îmi mângâie pielea într-un mod diferit. Se comportă cu mine diabolic, aproape brutal. Observă pe un dulap în apropierea patului, jucării sexuale. Se aruncă după ele și alege de acolo doar una care știe că mă înnebunește. Reacțiile și patima ei îmi sunt străine.

— Îți place? mă întreabă ea în timp ce mi-l prezintă.

Îmi mușc buza de jos, gem, iar apoi îi răspund afirmativ. Poziția în care mă aflu îmi oferă o priveliște perfectă spre fața lui Roderik. Se uită atent și foarte serios, iar din când se tot fâțâie pe fotoliul din piele maro. Insinuez că scena pe care i-o alcătuim îl incită, iar apoi mă las cotropită de limba și obiectele sexuale pe care Svetlana le folosește. În unele momente îmi bruiază corpul, iar ea parcă s-a transformat într-o adevărată profesionistă. O las să-mi provoace plăcerile cele mai profunde și să se joace cu părțile mele erogene așa cum își dorește. Scrie cu degetele ei mici pe pielea mea, versuri erotice, iar cu limba îmi scormonește labiile și clitorisul spre a-mi găsi cel mai acut stimul. Mângâie, iubește, zăpăcește, geme ca și cum aceasta ar fi ultima noapte împreună, iar când îmi simte trupul apropiindu-se de apogeu, răsuflă ușurată, îmi zâmbește duios, își închide ochii jucăuși și-și închină patimile. Acum arată ca un înger, dar m-a iubit cu furia unui demon...

*

— Svetlana! Cât este ceasul?

Pâlcuri de lumină intră prin draperia închisă la culoare. Mă simt ameţită şi încă obosită. Nu ştiu cât este ora şi parcă nici ziua nu mi-o pot aminti. Ea începe să mormăie, iar când deschide ochii parcă simt în privirea ei puţină spaimă.

— Unde suntem? întrebă ea...

— Cum unde? În camera de hotel, Svetlana.

— Katia, nu suntem în camera de hotel.

Îi mărturisesc încercând să o liniştesc. Apoi se ridică brusc când realizează că mobila este mult mai scumpă decât cea de la hotel. Simt o spaimă puternică...

— Atunci unde suntem?

— Katia, ce am făcut? De ce am ajuns aici?

— Relaxează-te şi întinde-te. Am avut o noapte lungă, ne-am ameţit mai mult decât trebuie, iar apoi Roderik ne-a adus acasă la el.

— Roderik? Acasă la el? întreabă ea din nou debusolată.

— Tu chiar nu îţi aminteşti nimic?

— Îmi amintesc că ne-am distrat pe plajă, apoi a apărut un bărbat şarmant de care tu bineînţeles că te-ai îndrăgostit, după care am ajuns într-un loc feeric despre care încă nu ştiu dacă a fost vis sau realitate.

— Exact! Iar apoi?

— Apoi ce? Nu ştiu, am băut un vin foarte tare.

— Nu vreau să cred că ai pierdut cea mai importantă parte a serii.

— Ce? Ce am pierdut? Şi se ridică deasupra mea în genunchi. Este dezbrăcată, iar sânii ei dansează sub privirea mea. Pare disperată, dar totodată şi foarte amuzantă. Eu încep să râd de ea, iar apoi o iau în braţe. Acum încep să înţeleg de ce a trecut atât de repede de la starea de negare la cea de acceptare.

— Haide, vino aici micuţă. Nu s-a întâmplat nimic, doar am făcut dragoste pe paturile care ţie ţi-au plăcut atât de mult.

— Şi s-a uitat toată lumea la noi? se destăinuie oripilată, iar apoi îşi desprinde corpul gol de al meu.

— Nu toată lumea, doar Roderik. Apoi îi zâmbesc.

— Ţie îţi arde de glume? Mie nu, iar capul mă doare destul de tare.

— Haide, întinde-te aici. Vreau să-ţi povestesc cum a fost.

Când aude că vreau să îi povestesc, parcă se mai linişteşte şi păstrând contactul vizual îşi poziţionează trupul firav lângă mine. Trage aşternutul alb peste ea, iar perna şi-o fixează comod la spate, apoi aşteaptă ca şi cum urmează să îi spun o poveste dramatică.

— Ai fost sceptică, iar din prima clipă de

când a fost vorba să mergem la acel local frumos, tu ai fost contra.

— Ştiu, asta îmi amintesc. Povesteşte-mi după ce ne-am aşezat la bar. Ceva a fost în vinul pe care l-am băut.

— Dacă era ceva, nici eu nu îmi mai aminteam, nu crezi?

— Mmm, ba da.

— După ce ne-am aşezat la bar şi după ce am băut un pahar cu vin, discuţia şi dansul s-a aprins între mine şi Roderik.

— Roderik, bărbatul care ţi-a sucit minţile.

— Puţin da, iar el este şi administratorul clubului *Autumn*.

— Autumn, ce frumos!

— Da, a ales un nume frumos. Se potriveşte perfect cu locul.

— Bun, haide povesteşte-mi.

— După ce mi-a şoptit la ureche cele mai senzuale cuvinte pe care le-am auzit vreodată de la un bărbat, mi-a spus *fair play* că îşi doreşte să ne vadă făcând dragoste.

— Scriitorul...

— Da, el. Nu mă mai întrerupe Sveta...

— Te-am iubit nebuneşte Svetlana şi cred că aseară am făcut dragoste în cel mai frumos mod. Iar tu cu mine, mmm, a fost magic. Ai profitat de corpul meu şi nicio părticică nu ai lăsat neexplorată. M-ai iubit înălțător, iar sexul oral, felul în care ți-ai folosit limba și mâinile, iar apoi cum te-ai jucat cu jucăriile sexuale care se aflau pe o noptieră aflată lângă pat, aproape că...

— Că am jucat într-un film porno cu un singur spectator.

— Da, Roderik a fost absorbit, iar membrul lui a fost tare pe toată perioada actului nostru.

— Cum a rezistat, Katia?

— Nu știu, dar sigur „se va răzbuna" pe mine cât de curând. După ce scena noastră s-a încheiat tu ai adormit, eu te-am îmbrăcat, iar el te-a luat în brațe și te-a adus aici. Nu locuiește departe de club. Chiar am venit pe jos. Are o casă micuță și foarte cochetă. Iar după ce te-a lăsat pe pat m-a sărutat întâi atât de delicat, apoi atât de sălbatic. Mi-a pupat umărul stâng și mi-a urat somn ușor. Era dimineață devreme, chiar cred că vreo șapte.

— Katia... iarăși greșești. Îmi spune pe un ton direct. Încearcă să mă avertizeze într-un mod frumos.

— Iarăși. Puteam să facem sex aici, cu tine în pat, în toată casa, dar uite că nu s-a întâmplat asta.

— Ce se va întâmpla cu Artur? Iarăși îți înșeli simțurile?

— Sveta, cred că și tu ai trecut acum ceva timp prin așa ceva.

— Da, am trecut.

— Ei, eu acum chiar simt ceva diferit.

— Simți asta pentru că într-adevăr voi vă potriviți. Visați la fel, iubiți aceleași lucruri și purtați aceleași sentimente.

— Dar trebuie să fii conștientă că nu este decât o iubire de-o vară.

— Nu contează cât va fi! Eu vreau să mă bucur de ea, de iubirea aceasta fugară.

— Te-ai gândit să îi mărturisești lui Artur?

— Da, îi voi povesti tot. Nu vreau minciuni și nesiguranță.

— Katia, tu ești conștientă că o singură noapte ți-a schimbat sentimentele? Ai trecut de la o dragoste platonică la una fugară?

— Încerc să mă concentrez și să realizez acest lucru. Când mergem acasă, mâine, îi voi povesti tot.

— Vezi? În orice moment viața îți poate schimba sensul. Replică Sveta aproape adormită.

— Da! În orice moment sufletul poate înnebuni și îndrăgosti.

Suntem amândouă întinse pe pat. Svetlana a tras draperiile, iar acum admirăm camera mobilată în stil antic. Cu mobilă albă și inserții florale pe ea. Romantic. Pereții sunt vopsiți în culori calde, iar ici–colo, tablouri cu femei nud aduc camerei un stil aparte. O combinație lină între antic și modern, erotic și romantic. Artur îmi lăsase câteva mesaje, la care mă hotărăsc să răspund acum. Știe că sunt cu Svetlana și bănuiesc că nu își face foarte multe griji. Îl simt aproape de mine, dar nu îmi bate în piept, așa cum îmi pulsează bărbatul misterios pe care l-am cunoscut azi-noapte.

În timpul acesta, în care îi scriu mesaje lui Artur, realizez că este trecut de două după–amiaza. Telefonul începe să-mi zbârnâie în mâini, iar când îl simt mă sperii și tresar. Este un număr necunoscut.

— Alo! răspund iute.

— Bună dimineața frumoasa mea! Cum te simți? De fapt cum vă simțiți?

— Bună! Roderik?

— Da, eu sunt. Încă nu mi-ai salvat numărul?

— Cred că am omis azi-noapte. Dar acum îl voi salva.

— Cum vă simțiți? insistă grijuliu.

— Am dori să facem un duș și probabil să mergem la hotel să ne schimbăm și să mâncăm ceva.

Svetlana când aude se ridică din pat brusc și afirmă pozitiv din cap.

— Eu sunt pe terasă, vă aștept la o cafea și un croissant.

— Sigur, pentru o cafea venim cu plăcere.

Facem un duş şi venim.

— În dulapul din cameră sigur veţi găsi două halate de baie, după ce ieşiţi puteţi veni aşa în grădină.

— Mulţumim.

— Katia, te-ai înroşit!? Şi tremuri cumva? Ce-i cu tine?

— Cred că am avut emoţii.

— Tu, emoţii? Tu, cu fluturi în stomac? Nu prea îmi vine să cred. Nici nu ştiu cum să iau dragostea pe care o simţi tu acum. În râs sau în serios?

— Cred că deocamdată nici nu mă interesează.

Observ că se strâmbă şi că oarecum nu îi convine ce se întâmplă. O las în pace, iar eu îmi văd liniştită de fluturii mei. Mi-aş dori să îi ţin în frâu cât pot de tare. Facem duş, căutăm în dulap halatele. Găsim acolo patru de culori diferite şi din materiale diferite. Două sunt din mătase fină roz pal, iar celelalte dintr-un material moale gros şi alb. Le alegem pe cele din mătase, deschidem uşa, iar pe vârfuri, cu tălpile goale călcând peste marmura din casă, încercăm să desluşim drumul spre grădină. Mergem pe un culoar lung, apoi în partea dreaptă, un geam mare de jos până sus serveşte imaginea către locul unde el ne aştepta. Este singur la o măsuţă de patru persoane, rotundă şi albă, iar în faţă îşi ţine o agendă şi cu un pix în mână. Poartă o pălărie alba cu bandă neagră pe glob, o cămaşă kaki şi pantaloni maro deschis. Este desculţ, iar din când în când zâmbeşte, iar acum, la vederea noastră chipul parcă i se luminează. Se ridică de pe scaun şi ne întâmpină cu aceleaşi braţe deschise şi cu acelaşi surâs nostalgic. Mirosul mării mă izbeşte emblematic, iar odată cu venirea lui spre noi simt că prind forţă şi că toată oboseala zboară în largul mării.

Trage scaunele pe rând şi ne invită pe fiecare în parte să luăm loc alături de el. Până nu ne serveşte nu se aşază. La vederea tacâmurilor şi a veselei alese cu foarte bun gust, un gând răzleţ mă cutremură. Oare cine le-a ales? Pentru că simt mână şi suflet de femeie aici, ori inima lui de artist îl ajută?

Îmi părăsesc momentul îndoielnic odată cu abordarea lui sinceră.

— Aţi fost minunate aseară! Mi-aţi îndeplinit o plăsmuire. Până azi-noapte o visam, iar să o văd cu ochii deschişi, m-a împlinit.

— Dar ai mai văzut? întreabă Svetlana de parcă ar şti exact ce s-a întâmplat.

— Atât de complexă, nu.

— Ţi-am îndeplinit un vis sau doar am adăugat inspiraţiei tale un plus?

— Cred că amândouă. Şuşoteşte el printre

pufnituri. Își aprinde un trabuc, iar fumul înecăcios îi acoperă o parte din față.

— Urmează să public un nou roman în care vorbesc foarte mult despre iubire. Simt că încă nu l-am terminat, dar cred că voi adăugați câteva pagini bune acum.

— Noi, sau tu?

— Iubirea voastră. Completează și apoi zâmbește mârșav.

— Să scrii o carte despre iubire cred că implică o muncă enormă. Adaug eu puțin nedumerită.

— Este, într-adevăr. Iubirea are multe ramuri.

Grădina în care ne aflăm este situată cu vedere la mare, iar casa, fără etaj, făcută din piatră nu este deloc luxoasă, ci mai degrabă cochetă. Predomină bunul gust și armonia oriunde mă uit. Din când în când mai apare câte o femeie care curăță și udă florile.

— Cine se ocupă de casa aceasta? Este foarte frumoasă și îngrijită.

— Magdalena! Nu ați cunoscut-o pe Magdalena? Este cea mai bună și splendidă femeie.

Și începe să o strige.

Magdalena, Magdalena, Maaagdaleeena!

Apare femeia într-un suflet, cu șort alb legat peste talie, grijulie și zâmbitoare.

— Spuneți, domnule Rod.

— Vreau să îți fac cunoștință cu aceste splendide domnișoare pe care le-am cunoscut azi-noapte în club.

Ea se uită urât la noi și apoi începe să vorbească o limbă străină pe care niciuna dintre noi două nu reușim să o înțelegem. O combinație între spaniolă și italiană. Gesticulează, iar apoi pleacă să își vadă de treabă.

— Și eu te iubesc, Magdalena! strigă el râzând după ea.

Încerc să îmi dau seama de unde provine, pentru că și doamna sigur aparține aceluiași loc.

Ne detașăm cu ușurință de situația creată de doamna Magdalena. Analizez florile roșii, trandafirii foarte frumos așezați chiar sub geamurile care sunt prevăzute cu obloane. Gazonul îngrijit și liniștea aceasta care pur și simplu nu mai are nevoie de nimic. Poate doar de un zâmbet și o îmbrățișare sinceră.

— Să nu o băgați în seamă, probabil nu i-a ieșit ciorba așa cum și-a dorit.

— Dar, Rod, sau Roderik, nu ne-ai spus de unde provii, sau în ce țară locuiești acum?

— Eu m-am născut aici, în această țară frumoasă. Își întinde din nou mâinile, iar odată cu ele și zâmbetul se lărgește.

— Părinții mei sunt de aici, doar că acum

foarte mulți ani, din cauza unor conflicte între tatăl meu și statul acestei țări, au trebuit să plece. Mulți ani, foarte mulți nu am știut să vorbesc limba materna, iar pe la zece ani m-au adus aici în țară. Eu m-am îndrăgostit de locurile mele natale, iar în doi ani am învățat limba la perfecție. Apoi, după ce mi-am terminat studiile acolo, am început să vin tot mai des. Locul acesta mă inspira. Părinții m-au ajutat să-mi dezvolt o afacere care, ulterior, eu fiind foarte visător, a căzut. Aceasta este casa părinților mei. Atât mi-a rămas de la ei, Dumnezeu să-i odihnească! Am rămas un burlac visător, cu iubiri pierdute și bucățica aceasta de rai. Aici vin să mă relaxez și să-mi continui cărțile.

Când mă privește se înmulțesc viciile în capul meu de parcă au venit să mă certe. Își povestește viața și în același timp parcă în ochii mei vrea să o scrijelească. Nu e normal, nu e normal ca un om de vârsta lui să poată iubi atât de frumos. Sau este? Sau la o vârstă ca a lui iubirea atinge pragul înțelepciunii și al puterii?

Țigările le am în geantă, iar geanta este în camera unde am dormit. Și geanta, și telefonul, și rochiile, și o parte din noi au rămas acolo. Aici doar trupuri scăldate în melancolie și cuprinse până la refuz de extaz.

— Mă duc în cameră să îmi iau țigările.

— Vin cu tine, Katia. Merg să mă îmbrac, iar eu apoi mi-aş dori să ajung la hotel. Aş vrea să mă schimb şi apoi să profit la maxim de plajă şi soare. Îmi spune lucrurile acestea în timp ce ne îndreptăm către casă. Roderik ne dă permisiunea zâmbindu-ne splendid atunci când ne ridicăm.

— Eu cred că voi mai rămâne puţin, Svetlana.

— Bănuiam eu. Îmi spune serioasă.

— Să nu te superi pe mine, dar eu asta simt, că trebuie să mai stau puţin în compania lui. Să mă mângâie cu ale sale cuvinte. Îl ador după cum vorbeşte.

— Sunt sigură că te va mângâia şi cu altceva, îmi transmite ironic.

— Nu ştiu ce se va întâmpla. Deşi sunt obosită, îmi doresc tare mult să mai stau cu el.

— Bine, bine. Am înţeles.

Mergem în cameră liniştite. Povestim puţin în timp ce ea se îmbracă, îmi spune să am grijă de mine şi de sufletul meu, vine şi mă sărută pe frunte, apoi pleacă. O aud cum vorbeşte cu Roderik. Îşi ia rămas bun, discută despre o eventuală întâlnire şi îl roagă frumos să îi comande un taxi.

Uşor, discuţia lor se pierde, iar eu, după ce hotărăsc să mă întind cinci minute pe pat, alunec parcă într-un vis. Aţipesc fără stăpânire, aşternuturile frumos parfumate şi albe primindu-mi corpul. Parcă încep să visez ceva frumos şi liniştitor.

Mă aflu într-un loc cald și primitor, iar eu nu reușesc să-mi deschid ochii. Simt că cineva mă privește și din când în când un aer plăcut adie peste mine. Mă desfăt cu această plăsmuire, iar asemeni unui fulg cad într-un somn adânc. Nu aud nimic, dar deodată, tot corpul începe să se cutremure. Visul se pierde. Două mâini calde, apoi buze fierbinți îmi amăgesc simțurile. Nu reușesc să mă dezmeticesc și nici să înțeleg dacă mă zbat între vis și realitate. Plăcerea devine nemărginită, iar pe pielea spatelui meu se îmbulzesc fiori necunoscuți. Mă las purtată de vânt asemenea unei frunze. Dau voie pasiunii nemăsurate să mă cuprindă în brațe, iar ca într-o fantezie pe care o am de mult timp în gând, las necunoscutul să profite de mine. Îmi răsucește corpul cu fața în sus, privește chipul pe jumătate adormit timp de câteva secunde, îl adoră cu privirea, apoi sărută buzele acestea moi dornice după ale lui. Limba catifelată o masează pe a mea și parcă cu dor profund insistă până o relaxează, apoi o suge și o iubește sălbatic. Inspir o dorință nemărginită, iar palmele lui grele se plimbă peste tot. Nu caută nimic, doar se bucură de răspunsuri. Îmi părăsește buzele, dar cu privirea îmi promite că încă nu s-a sfârșit. Coboară hain, iar unde îmi găsește sânii, se oprește. Suge și sărută, îi strânge cu mâinile de parcă își dorește să îi rupă, să și-i însușească, să scrie pe iei versuri perverse, apoi să-i vâre în suflet. Respiră sacadat şi geme uneori înfiorător de excitat. Degetele mele s-au angajat într-un dans lasciv. Păstrez contactul vizual şi unul câte unul, domol, firav îi desfac nasturii de la cămaşă. Îl privesc pervers de jos în sus, iar când ajung în dreptul pantalonilor, mă grăbesc. Rămân surprinsă la vederea abdomenului lucrat şi fără să stau prea mult pe gânduri îi învelesc pielea cu săruturi. Pantalonii alunecă, iar sub privirea mea, organul tare, ca o bucată de plumb cu aripi, zvâcneşte. Îl privesc aşa cum simt că-şi doreşte. Întâi în ochi şi apoi, senzual, cuprind cu mâinile bucata de muşchi tare. Alcătuiesc mişcări du-te–vino, adulmec cu buzele, iar cu limba desfăt vârful înfierbântat în cercuri bine definite. Îl primesc în gură provocator şi îl masez vehement. Mâinile lui se plimbă prin părul meu viguros cu mişcări care-i ghidează plăcerea. Genunchii i se afundă în aşternuturi, iar eu într-o poziţie sexuală pe care ştiu că o adoră, îi onorez sexul oral până când simt că îşi doreşte mai mult decât orice să mă pătrundă.

Îmi poziţionează corpul cu faţa în sus, picioarele le aşază atent pe umerii lui, iar printr-o mişcare sigură, dar uşoară îşi trece membrul printre pereţii vaginului meu. Geme, iar eu îl acompaniez. Se apleacă deasupra mea cu buzele cărnoase şi-mi gustă saliva. Gurile noastre se ating agresiv, iar frunțile se freacă una de alta. Îmi cuprinde fața cu mâinile, mă privește perfid, apoi din nou îmi înșfacă buzele și le mușcă până când aproape simt durere. Își mărește intensitatea, iar penetrarea rapidă și adâncă mă forțează să țip. Îmi izbește pereții umezi cu forță, iar eu îl primesc înzecit. Zbier ca o străină agresată sexual de un necunoscut și las fantezia să mă poarte pe culmi excentrice. Sărutul intens înteţeşte penetrarea, iar eu simt că se apropie orgasmul. Păstrez contactul vizual, mâinile mi le poziționez peste brațele lui, plăcerea crește, zbuciumul din interiorul meu se ambiționează, încep să-l strâng de piele, iar printr-un tremur puternic și descătușat îmi eliberez corpul. Penisul tare încă mă pătrunde adânc și încet până când, într-un moment profund de pasiune, acesta își anunță răsunător finalul. Mă sărută liniștitor, apoi, străinul de lângă mine se „îngroapă" în brațele mele.

Capitolul 6

Ai schimbat trecutul în favoarea prezentului!
M-ai schimbat pe mine în prezentul tău
Ai făcut din mine o femeie
Amanta sufletului tău.
Katia

ULTIMUL ZBOR

━━━━◆━━━━

Aş spune că toamna este un anotimp erotic. Că ea oferă prilej bărbaţilor să-şi dezmorţească mintea atunci când femeile se îmbracă cu insistenţă... când ciorapii acoperă coapsele şi puloverele groase ascund din rotunjimile sânilor. Bărbatul rămâne creativ, iar toată fantezia lui se dezvoltă. Desenează cu mintea forme şi curbe. Rupe hainele de pe ea în linişte şi creează tablouri pe care sigur şi femeia le va iubi.

Privesc răstălmăcită haosul pe care mi l-am creat. Mă aflu pe o bancă în parc. Singură şi, aş spune, liniştită. Soarele arde puternic, iar pe alocuri simt cum transpir. Mă complac într-o agonie sobră. Uneori mă întreb dacă ar trebui să-mi plâng de milă sau să fug departe cât cuprinde zarea. Greşeli fac, nu-mi asum patimile, iubesc când apuc şi pe cine apuc. Îmi vine să iubesc orice om care simt că se lipeşte de sufletul meu, iar cei din jurul meu mă blamează. Iubesc ca o nebună, aş putea zice, sau, nici măcar aşa. Cred că iubesc străin.

Oamenii care trec pe lângă mine mă privesc. Unii mai insistent, alţii pierdut. Port o pereche de pantaloni din piele neagră şi o bluză de aceeaşi nuanţă. Sunt fără sutien, iar uneori cred că sfârcurile atrag o parte dintre priviri. Adie melancolic vântul tomnatic, iar melodia lui este lentă. Mă simt goală, un gol în stomac fără să-mi fie foame. Senzație de fericire amestecată cu tristețe. De multe ori mă întreb dacă iubirea pe care o port eu este una dreaptă. Iar subconștientul îmi răspunde că da, fiecare iubire este dreaptă dacă există.

După o lună și ceva de când ne-am întors de la mare am reușit să-l anunț pe Artur de escapada pe care am avut-o cu străinul mării.

A reacționat așa cum m-am așteptat. Liniștit, și-a strâns lucrurile din apartamentul meu, iar apoi a plecat. Peste zece minute s-a întors. I-am deschis ușa și m-a sărutat violent, mi-a strâns corpul sincer în brațe până aproape de sufocare apoi mi-a zis:

— Să știi că te iubesc, Katia! Chiar dacă ești așa. Nu știu de ce, dar te iubesc!

Apoi a plecat. A luat cu el și o parte din mine. A luat liniștea, echilibrul și o parte din vise. Mi-a scris un mesaj prin care mi-a explicat că înțelege purtarea mea și că nu mă poate urî.

Te iubesc pentru că sinceritatea și libertatea ta până acum m-au completat. Pentru că ești vehementă și nebună. Sălbatică și neîmblânzită. Îmi va fi dor de tine în fiecare noapte și în fiecare secundă. Voi suferi alături de curve după corpul tău fierbinte. Te voi căuta în fiecare fir de păr și fiecare curbă feminină îmi va aduce aminte de gemetele tale. Te părăsesc pentru că te vreau liberă. Eşti ca o pasăre, iar aripile îţi sunt fantezie! Zboară!

Şi zbor. Sunt liberă alături de Svetlana. Două păsări călătoare pe care dacă va reuşi vreodată cineva să le îmblânzească probabil se vor despărţi.

Nu regret nimic. Niciun zbor greşit şi niciun salt care poate m-a durut. Ce aş regreta cel mai tare probabil ar fi faptul că nu s-a întâmplat.

Străinul mării, Roderik, încă întreţine bătăi puternice în partea stângă a corpului meu, iar chiloţii încă mi se mai umezesc la amintirea sărutului său. Cu ce patimă şi cu câtă ardoare m-a putut iubi acest bărbat. A înmulţit în corpul meu răspunsurile, iar eu, care credeam că am atins apogeul în arta sexului, el mi-a răsturnat toate ideile. Pot spune că orice femeie iubită de bărbatul misterios, măcar o dată pe an, ar fi ca şi cum o floare ar învia atunci când este udată.

Încă vorbim şi încă îmi mulţumeşte pentru inspiraţia pe care eu şi Svetlana i-am oferit-o. Un bărbat atât de simplu şi corect pe care orice femeie, în afară de mine îl merită. Nu ştiu dacă are pe cineva, nu ştiu cine este, nu i-am înţeles o parte din idei, dar pasiunea pe care el a înviat-o în mine cu siguranţă prea curând nu se va stinge. De multe ori mi-am imaginat că el nu a fost decât timpul, un amant care a făcut dragoste cu mine, iar apoi a plecat. O clipă de fericire care poartă numele unei amintiri frumoase. M-am resemnat cu gândul că poate nu îl voi mai întâlni vreodată.

Îmi sună telefonul. Cotrobăi prin geanta micuță și dreptunghiulară obiectul care nu se oprește de zbârnâit. Mă sună Sveta...

— Ce faci, Katia?

— Stau pe o bancă în parc.

— Singură?

— De data aceasta, da.

— Și la cine te gândești?

— Până acum m-am gândit la mine, iar când ai sunat tu mă gândeam la Roderik.

— Rod? Roderik? Bărbatul care a făcut sex cu tine o zi întreagă și tot nu te-ai săturat?

— Da, el. Ai nimerit draga mea. Îi răspund ironic.

— Ce frumos a fost la mare. Tu ai făcut sex cu un străin, eu cu soarele...

— Una arsă pe trup, alta arsă la suflet. Îi răspund melancolică.

În ziua aceea, după ce a pătruns în visul meu ca un străin și a trezit în corpul meu pasiuni ascunse, am continuat să ne iubim până noaptea târziu. Pe Svetlana am lăsat-o singură.

— A fost frumos până când ziua ta s-a transformat într-un film erotic.

— Sveta, nu am greșit cu nimic! M-am culcat cu o persoană potrivită, era josnic să fi ales una nepotrivită. Și nu a fost vorba doar despre o partidă de sex și atât, nu! A fost vorba despre o discuție elaborată de la minte la minte și de la trup la trup. Sentimentele au vorbit mai mult decât atracția sexuală.

— Nu știu care sunt criteriile și ce înțelegi tu prin sentimente profunde, dar am impresia că te pripești.

— Poate mă pripesc, dar ceva îmi spune că nu. Îl simt în sufletul meu ca un ecou. Oftez când gândul mi se îndreaptă către el și, uneori, am impresia că sunt bolnavă când fluturii pe care îi îmbulzește în mine încep să formeze harababură în corpul meu.

— Ai nevoie de o relaxare. Să mergi undeva să te relaxezi, simt asta, Katia. Și eu îmi doresc și cred că și tu...

— Și la ce te-ai gândit?

— Să mai mergem într-o vacanță. Am câțiva bani puși deoparte. Mi-ar plăcea să luăm avionul și să rătăcim prin lume.

— Totuși, escapadele tale eșuate și încercările de a te dovedi femeie nu au dat greș cu ceva. Măcar ai rămas motivată cu banii.

— Ești dureros de directă și nesimțită, dar eu te iubesc și așa.

— Nu pot şi nu vreau să te menajez. Niciodată nu te voi linguşi. Prefer să îţi spun adevărul.

— Eşti perfectă aşa cum eşti. Iar toate vorbele pe care mi le arunci nu mă supără, ci mai degrabă mă trezesc la realitate.

— Şi când mă gândesc că acum un an rolurile erau inversate.

— Da? mă întreabă destul de surprinsă. Mi-o imaginez cum se uită la mine, iar apoi o aud cum trage din ţigară.

— Da. Anul trecut eu eram cea care mă întreceam în partide de sex eşuate, beţii crunte şi relaţii fără noimă. Anul acesta cred că m-am mai liniştit.

— A fost cineva care a făcut-o.

— Da, Artur. El m-a ajutat să mă echilibrez, iar acum iarăşi m-a eliberat.

În timp ce vorbim la telefon puţin câte puţin soarele se ascunde, iar afară începe să fie răcoare. Banca din parc încă mă primeşte, iar conversaţia cu Svetlana completează dorul dintre noi. Nu ne-am văzut de o săptămână. Eu am fost foarte ocupată cu jobul, manuscrisele şi hârtiile de la editură ţinându-mă blocată. Lucrez mult în ultimul timp, iar acest lucru cred că mă ajută.

— Doar noi două vrei să mergem în vacanţă, Svetlana? o întreb direct încercând să ocolesc subiectul.

— Ar fi frumos să mai luăm pe cineva, da. Dar nu bărbați.

— Pot vorbi cu niște colege de serviciu. Am câteva dornice de o escapadă, completez bucuroasă.

— Le cunosc?

— Nu! Dar dacă își doresc să meargă sigur o să-ți placă de ele.

— Tare mult mi-aș dori să mergem. Începe să fie frig afară, iar eu parcă încă nu m-am săturat de vară. O simt relaxată, iar din când în când aud cum trage din țigară.

— Mergem! Lasă-mă câteva zile să-mi conving colegele de serviciu. Îi răspund sigură pe mine.

— Bine, aștept cu nerăbdare să-mi dai răspunsul. Eu până atunci voi căuta câteva destinații din care să aleg.

— Neapărat plajă și cluburi. Vreau să ne distrăm. O completez după ce realizez că planul ei este chiar unul bun.

Reușim să ne organizăm într-un mod plăcut. Eu am vorbit cu o parte dintre colegele de serviciu și niște prietene, iar Svetlana s-a ocupat de găsirea locului perfect.

Mă întorc de la serviciu. Afară parcă plouă cu lacrimi înghețate. Sunt încălțată cu botine înalte, iar tocurile lor neliniștește toamna. Din întâmplare am o umbrelă pitită în geantă. Este frig, iar hainele pe care le port nu-mi încălzesc corpul îndeajuns. Las frigul să mă pătrundă și să-mi liniștească mintea. Trag aer rece adânc în piept, țin cinci secunde, apoi îl eliberez. A devenit un exercițiu bun pentru creierul și corpul meu atunci când este suprasolicitat. Lucrez foarte mult, ajung târziu acasă, mesele nu îmi sunt regulate, iar eu simt că am ajuns într-o stare de epuizare acerbă. Am început să-mi plâng de milă, iar lipsa sexului și a unui bărbat în viața mea cred că încep să mă afecteze profund.

— Katia! aud deodată o voce de bărbat cunoscut în spatele meu. Îmi tresare inima pentru câteva secunde, apoi când realizez cine este, mă relaxez.

— Da! Și mă opresc fără să-mi întorc corpul către el. Îi aud pașii rapizi cum se apropie de mine, aștept, iar în momentul acesta, în care zăbovesc, contemplu asupra sentimentelor. Nu simt nimic. Aștept ca și cum aș aștepta să vină metroul. Plictisită și lipsită de afecțiune.

— Te-am văzut trecând și am vrut să te salut.

Este îmbrăcat în uniformă. Îl măsor din cap până în picioare, apoi îi zâmbesc.

— M-ai văzut sau mă urmărești? Are părul și hainele mult prea ude.

— Te mint, da! Mi-am dorit să te văd pentru că dorul care mă macină puțin câte puțin îmi conduce corpul spre epuizare.

Îmi vine să-l mângâi, iar starea de compătimire care mă cuprinde nu este deloc bună.

— De ce nu mă cauți în curve? îl întreb învăluită de un moment de sinceritate.

— Ce curvă ar putea să concureze cu tine, Katia?

Când vorbește, aproape că plânge. Îl simt într-o stare emoțională teribil de sensibilă, iar replicile pe care mi le dă mă pun într-o situație pe care nu reușesc să o identific.

— Artur, nu te pot chinui! Știi deja cum sunt... replic eu constrânsă de momente stânjenitoare.

— Știu. Mi-am dorit tare mult să te văd și să te îmbrățișez.

Lacrimile înghețate se izbesc de chipul lui. Buzele îi tremură, iar felul în care mă privește îmi forțează corpul să-i îndeplinesc dorința. Las umbrela deoparte și-mi adăpostesc trupul înfrigurat în brațele lui care mereu mi-au fost ocrotitoare. Nu mă simt ca și cum aș îmbrățișa un bărbat de care sunt îndrăgostită, ci mai degrabă un prieten.

— Vrei să mergi sus să-ți fac un ceai? îl întreb după ce corpul lui a primit ce își dorea. Ți-ai uitat o pereche de pantaloni și un tricou.

— Aș vrea! răspunde prompt.

Ridică umbrela, o proptește deasupra noastră, îmi oferă brațul și apoi ca într-un dans prietenesc împreună cu ploaia ne strecurăm printre umbrele nopții spre apartamentul meu. Ajungem uzi. Ne schimbăm în camere diferite de haine, ne facem ceai, apoi ocupăm relaxați canapeaua din living.

Mă întreabă ce mai fac și ce planuri de viitor am.

— Voi merge într-o vacanță cu fetele peste o săptămână. Am nevoie de ea ca de o vâslă. Simt că mă înec în monotonie și oboseală.

— Va merge și Svetlana?

— Da, sigur! ea a venit cu ideea aceasta formidabilă.

Liniștea apartamentului naște idei noi. Simt că nu-l interesează discuția despre excursie, iar mâna lui cum se strecoară pe piciorul meu îmi dă de înțeles că Svetlana nu este un subiect atât de important.

Știe ce face, pentru că atunci când își plimbă degetele peste coapsele mele îmi privește ochii. Devine impertinent, iar acest lucru nu mă deranjează, ci mai degrabă mă excită și, dintr-un moment în altul, prietenia noastră se transformă într-una cu beneficii. Mi-a învățat fiecare părticică și-mi cunoaște fiecare patimă. Iar masajul pe care el îl întocmește sânilor mei nu mă poate ține într-o stare de relaxare sau liniște. Las dorul lui față de mine să mă excite și seara de toamnă să întocmească un moment tandru, ca și cum toamna s-ar contopi cu vara, iar din pasiunea lor se vor naște cele mai frumoase tablouri.

Capitolul 7

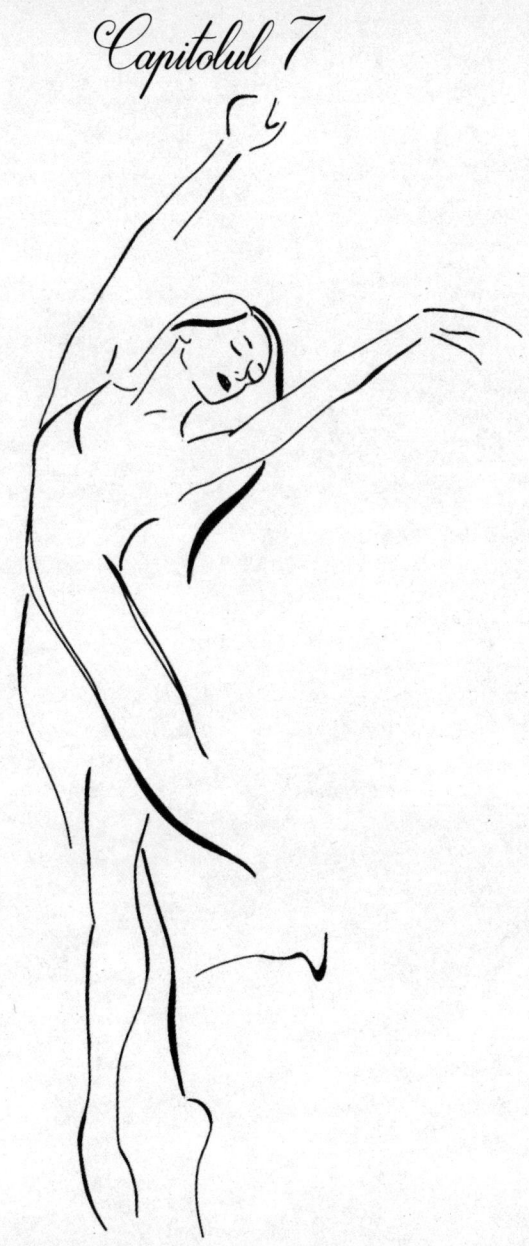

Un aspect foarte important al vieții este ca ea să-ți ofere oameni în preajma cărora poți fi tu.
Svetlana

— Am pregătit pentru voi o surpriză, spune Katia în timp ce ne deplasăm cu taxiul spre apartamentul pe care l-am închiriat. A reușit să adune șase femei frumoase, colege de serviciu și prietene. Am fost puțin sceptică atunci când mi-a zis că vom fi opt, dar gândul că voi merge într-un loc atât frumos mă liniștește.

— Ce fel de surpriză? o întreabă Lara curioasă. O femeie de unu șaptezeci cu părul lung șaten și ochii albaștri.

— O ieșire într-un club. Vorbește ea serioasă, dar în același timp și puțin ironică.

— Și de ce o zici atât de serios, Katia? Despre ce este vorba? o întreb eu cu gândul la unele amintiri pe care le-am avut împreună în anumite cluburi frecventate de ea.

— Svetlana, este ceva frumos și deosebit, l-am ales special pentru noi, iar eu sunt sigură că o să vă placă.

Șoferul de taxi conduce cu viteză, iar noi admirăm pe geam o parte din insula pe care tocmai am ajuns. O zonă aridă, munți de culoarea mierii, copaci cu flori roșii și cactuși ne întâmpină într-un mod plăcut. Am simțit mirosul diferit al mării de când am coborât din avion. Un mod frumos de a fi salutată de această zonă splendidă.

— Simt în vocea ta nevoia de a da mai multe explicații despre acest club, replică Ingrid, o femeie brunetă cu ochii ca două măsline negre și cu trup subțirel. O frumusețe rară pe care aș putea să o asemăn cu o ploaie de vară.

— Da, are un nume diferit și ciudat. Apoi chicotește.

— Și nu dorești să ni-l spui? întreabă Kisa, cu ochii căprui și expresivi.

— Ba da, doar că...

— Haide Katia, ce nume poate să fie?

— GianPula. Apoi râde zgomotos. Șoferul când aude numele se întoarce spre ea, îi zâmbește, iar apoi transmite printr-un semn cu degetul mare ridicat că este foarte ok ce a ales. Nu înțelege ce vorbim, dar numele l-a făcut să tresară.

— GianPula? o întreb eu debusolată. Cine ar fi dat un nume atât de erotic, aproape porno unui club? iar în următoarea secundă realizez că suntem într-o țară diferită, iar cuvintele noastre nu sunt deloc asemănătoare cu ale lor.

— Da, fix așa se numește. Este un complex care conține mai multe petreceri, iar eu am ales-o pe cea mai elegantă.

*

Este ceva nou și plăcut, un fel de rond în care oricât de beat ai fi nu ai cum să te pierzi. Barul situat în mijloc, iar petrecerea, organizată în aer liber este „păzită" de verdele natural al unor plante pe care nu le recunosc. Vigoarea acestui loc nu are nicio legătură cu numele, care în limba noastră poate avea altă semnificație. Eleganța și bunul gust aparțin cu desăvârșire. Admir starea degajată a Katiei și o iubesc din priviri. Ce femeie frumoasă și cât de norocoasă sunt că este a mea, prietena și iubita mea. O iubesc cu totul. S-a îmbrăcat cu o rochie verde închis, iar decolteul ei foarte adânc îmi „chinuie" mintea. Zâmbetul îi este larg acum, o simt relaxată și detașată. „Promit să uit de tot în vacanța aceasta. Nu voi avea nici job, nici inima frântă, nici telefon." Așa mi-a zis după ce am urcat în avion, iar acum observ că se ține de cuvânt. Câte sentimente zac în femeia aceasta și în câte feluri poate iubi. Vehemența ei probabil zdrobește inimile bărbaților, sinceritatea și felul în care-și înfruntă problemele. În ultimul timp și-a croit drum prin inimile oamenilor, probabil, pentru a se regăsi pe ea. Nu o pot condamna pentru nimic. Puterea ei de femeie îmi dovedește de fiecare dată că orice obstacol poate fi depășit. O femeie dependentă de sentimente care s-a încurajat mereu să fie mult mai puternică decât trupul sau sufletul său ar putea să ducă uneori. O femeie curajoasă și fermă în fapte, docilă și ambițioasă ca o leoaică ce își păzește puii. Pe buzele ei poposește sinceritatea, iar trăirile și amintirile și-i le scrie într-un pahar cu vin.

Iartă mereu pentru că: „iertarea înseamnă a te ridica mai sus decât cei care te insultă și pentru că acest sentiment îți oferă libertate." Așa consideră ea.

Un soi de emoție amestecată cu adrenalină începe să-mi cotropească interiorul. Muzica își schimbă ritmul, iar eu încep să mă bâțâi pe ritm din ce în ce mai intens. Stârnește în mine un soi de plăcere.

— Svetlana, haide cu mine! Kisa, femeia cu trupul frumos și cu ochii profunzi vine și mă trage de mână cu forță, iar eu, chiar nu pot să o refuz. Picioarele ei sexy și corpul ei atât de frumos nu pot fi refuzate. Nu acum, când muzica îmi răsună în urechi atât de enigmatic. Merg după ea, mă îngrămădește printre bărbați și femei cu chipul vesel până ajungem în fața pupitrului unde o „zeiță a muzicii" echilibrează atmosfera într-un mod teribil de energizant. Amândouă suntem cu paharele în mână și ne balansăm pe ritmul extrem de bine ales.

— Am știut că o să-ți placă, îmi spune Kisa în timp ce dansează.

Aș vrea să o întreb cum de a știut, dar pătrunsă până la refuz de muzică, îi zâmbesc, iar apoi mă lipesc de ea. Îi cuprind talia cu mâinile și pe ritm sacadat ne unim corpurile într-un dans excentric. Îmi transmite ceva parfumul ei, dar încă nu știu ce. Continuăm dansul, iar în timpul acesta două mâini fine cuprind și talia mea. Recunosc adierea și sărutul pe care mi-l trântește pe gât, mă întorc, îmi apropii fruntea de a ei, o privesc lasciv, mă gândesc că mi-aș dori să o sărut, o sorb din priviri, apoi îi întorc spatele.

— Katia, mereu mă înnebunești și aproape că nu-mi pot controla trupul atunci când te apropii de mine.

— Știu! îmi șoptește la ureche.

Continuăm să dansăm, iar când următoarea melodie începe, le văd și pe următoarele fete venind. Dansează și sunt atât de vesele încât nu știu dacă muzica sau alcoolul au provocat asta. Ingrid se apropie de pupitru și își fixează privirea pe „zeița muzicii". O fixează atât de profund încât am impresia că își dorește să se ducă la ea. După cum își aruncă mâinile și după cum îi fredonează melodiile îmi dă impresia că deja o iubește. De fapt, cred că toate o iubim, pentru că muzica pe care o pune forțează fericirea la maxim. A atins cel mai înalt prag, iar în orice moment simt că va exploda. Ne cotropește extazul și un sentiment de plăcere atât de intens încât eu simt că plutesc. Îmi ridic ochii spre cer, privesc acolo o secundă apoi îi închid și încep să mă învârt. Îmi vine să urlu de fericire. Dansăm enigmatic într-un ritm care sfidează orice lege a bucuriei. Pe chipul nostru s-a tatuat un fel de zâmbet pe care dacă un pictor ar încerca să-l picteze sigur s-ar intimida. Ochii noștri sunt ațintiți asupra femeii care ne încântă cu muzica. Mi-aș dori să pot spune că este frumoasă, dar nu este așa. „Zeița" noastră nu este frumoasă, ci adorabilă. O brunetă focoasă și uneori timidă, pentru că aprecierile pe care i le aducem prin țipete și aplauze, dans alert și fericire simt că o intimidează uneori într-un mod atât de frumos încât și mie îmi vine să mă urc pe scenă să o sărut.

— Cred că ar fi bine să o luăm acasă. O aud pe Ingrid explicându-i Katiei. Îmi îndrept privirea către ele, iar gesturile pe care le fac îmi dau serios de înțeles că ceva se întâmplă. Nu știu ce conține vodca pe care am comandat-o, dar a ridicat nivelul de iubire și adrenalină la maxim.

Katia o privește intens, iar după cum pupilele ei se măresc și se micșorează îi înțeleg nevoia de a o viola. O fixează de parcă telepatic ar trimite asupra ei cuvinte erotice. Nu îi răspunde, iar Ingrid, după ce îi adresează Katiei nevoia de a o lua pe „Zeiță" acasă, se îndreaptă mai țanțoșă și mai încrezătoare pe sine spre pupitru. Ocolește prin partea dreaptă, urcă scările și, cu o nevoie acerbă de a o cuceri, își poartă pașii hotărâți spre ea. Eu o privesc fericită și, deja în drumul ei spre locul unde femeia își întreținea actul artistic, îmi imaginez cum ar fi să meargă cu noi acasă. Să bem și... apoi? Nu! Un obstacol imens, de unu nouăzeci și nouă oprește uraganul de unu șaizeci și opt. Se întoarce, iar un strop de dezamăgire se așterne pe chipul ei, iar când ajunge la noi își revine. Fiecare dintre noi a observat cum bărbatul mai mare decât un copac a oprit-o, iar când ajunge în mijlocul celor șapte femei, mai fericite decât toată fericirea pământului, se molipsește cu ea, iar apoi își „îmbolnăvește" tot trupul cu ceea ce noi am „contaminat-o".

Nici nu știu cât este ceasul, sau dacă pașii se sincronizează corect. Nu știu cine mă privește sau ce zi este. În momentul acesta nu înțeleg ce rost au răutățile în lume și de ce trebuie să muncim și să fim stresați. Nu îmi explic de ce uneori sufăr sau de ce trebuie să-mi fie dor, când, fericirea este atât de aproape. Mi se lipește de minte cuvântul „Marcus", îl iubesc treizeci de secunde în gând, îi transmit telepatic un mesaj profund, iar apoi continui să-mi trăiesc bucuria. Dansez, iar acum că mi-am intrat pe ritm simt că nimeni nu mă mai poate opri. Simt fiecare vibrație, fiecare notă cum urcă și cum coboară. Mă invadează o satisfacție care-mi apropie corpul de orgasm. Mă simt relaxată și capabilă de orice, liberă și fără paravan. Îmi vine să le strâng pe toate în brațe, să le sărut și să le iubesc. Nu știu dacă le-aș speria, sau dacă aş fi respinsă, dar în momentul acesta sentimentele îmi sunt egale cu iubirea, iar eu cred că am atins intens înaltul ei.

— Vreau să mergem! vine Katia să-mi zică.

— Ai înnebunit! Unde vrei să mergem?

— Acolo. Şi îşi îndreaptă mâna spre intrare. Mi se pare mie sau se clatină?

— Katia!? Petrecerea încă nu s-a terminat.

— Nu, ştiu asta! bâjbâie agitată. Adună toate fetele şi hai să ieşim de aici.

— De ce?

— Îţi promit că nu ai să regreţi! răstălmăceşte ea cuvintele.

— Hai, repede!

Respect ce mi-a zis Katia şi merg să spun fetelor care se aflau în mijlocul distracţiei despre dorinţa ei.

— Ştiu eu ce vrea, spune Katerina. O femeie frumoasă cu părul lung şi şaten. Are ochii pisicoşi şi dulci, iar corpul ei voluptos şi apetisant găzduieşte o rochie colorată din paiete care i se potriveşte perfect.

— Ce?

— Este o petrecere afro vis-a-vis.

— Afro? De unde ştii? o întreb curioasă.

— Am ieşit la un moment dat cu Katia pe afară pentru că i se făcuse rău. Ne-am plimbat puţin şi am văzut că de acolo tot ies şi intră oameni de culoare... dar ce bărbaţi, mmmm. Şi-mi arată cu degetele unite (arătătorul, mijlociul şi degetul mare) ce masculi şi ce femei sunt acolo.

— Şi ce să facem noi acolo? Noi suntem albe! o întreb pe un ton serios.

— Nu contează, suntem frumoase! răspunde perspicace.

Oare cum încurcă ea cuvintele, aşa le încurc şi eu? îmi întreb subconştientul după ce îi privesc atentă reacţiile.

După ce discut cu Katerina despre petrecerea fastuoasă care se dă vis-a-vis, ea se duce şi le anunţă pe restul. Ele când aud, încep să ţipe de parcă cineva a încercat să le ardă. Foarte rapid, dar cu mişcări nehotărâte îşi strâng din lucruri, îşi aranjează rochiile şi merg la baia care se află chiar lângă separeul nostru să-şi intensifice roşul de pe buze. Fiecare pe cărările ei îşi îndreaptă paşii, asemeni unor gazele încinse de la prea multă căldură, spre ieşire. Salutăm sălbatic toţi bărbaţii care au salivat după noi, iar apoi, căutăm cu privirea locul de unde ies şi pe unde intră oamenii...

— De acolo! strigă Tania, de parcă ar fi descoperit o comoară. Mâna ei se mişcă frumos, în cercuri ghidate de corpul extaziat. Sânii blondei cu ochi albaştri se mişcă excitant, iar când observ dansul lor, salivez.

— Da, de acolo! completează sora ei, Lara.

Ce se întâmplă oare cu creierul unui bărbat atunci când observă pe stradă, opt femei? Tare mi-aș dori să aflu în momentul acesta, când observ că majoritatea ne analizează de parcă am prezenta cea mai în vogă colecție de haine... parcă dăm startul unui nou trend.

Traversăm strada cu grijă. Spun cu grijă, pentru că în cei douăzeci de metri parcurși până la intrarea următorului club, fetele s-au oprit de trei–patru ori pentru a discuta, întreține zâmbete cu înfierbântații locului. Cred că sânii Taniei sunt de vină și ai Katiei. Nu se poate! Orice om, femeie cu sentimente ar saliva după așa perechi de țâțe dansatoare.

Ne apropiem în sfârșit de intrare. Suntem zâmbitoare și fericite, iar cele două ciocolate masculine, când ne zăresc la intrare, își schimbă alura. Ne măsoară din cap până-n picioare, iar apoi cu surâs sublim în colțul gurii ne invită în toiul petrecerii.

Pe rând, fiecare femeie începe să se minuneze.

— Ce frumos! exclamă Katia.

— Cred că eu mă voi arunca în piscină, adaugă Tania.

— Da, și eu, sigur! o completează cu gura și cu ochii căscați Katerina.

— Eu vreau să beau ceva! îşi spune cu ardoare, Lara.

— Şi eu, zice Olga, prietena Kisei.

— Eu aş vrea să gust o ciocolată, spune excitată Kisa.

— Iar eu te acompaniez, dacă îmi permiţi. O mângâi uşor pe spate, după ce îi transmit că sunt în asentimentul ei.

— Fetelor, aveţi grijă ce faceţi, eu mă arunc în piscină.

Iar în următoarea secundă, Ingrid, îşi dă rochiţa albastră cu şliţul rup, jos, rămâne în lenjerie neagră şi sare în piscină. O deosebim de restul foarte uşor, apoi îşi fac şi celelalte trei curaj: Lara, Tania şi Katerina.

Patru sunt în piscină, eu cu Kisa adulmecăm ciocolatele cele mai dulci, iar Olga şi Katia merg la bar să-şi ia de băut.

Peste tot, la această petrecere, diferită de cea de la care tocmai venim, mişună un soi de excitaţie. Femei boeme cu pielea colorată şi haine frumoase pe ele, cu cercei aurii şi funduri ferme şi mari dansează lasciv. O observ împreună cu Kisa pe cea mai deosebită dintre toate. Este brunetă, iar părul îl are prins la spate.

În timp ce ne facem loc printre oamenii diferiţi, noi ne ţinem de mână şi dansăm pe muzica care ne place foarte mult.

— Simt că mi se usucă gâtul, mi-aș dori să beau ceva! exclamă aproape nervoasă Kisa. Privirea ei s-a schimbat, iar din pisicuța pe care am întâlnit-o în aeroport, acum s-a transformat într-un alt fel de felină, cred că puțin mai sălbatică și mai atrăgătoare. Pentru că mersul și curajul pe care îl are acum îmi dă de bănuit că nu vrea să plece singură de aici. Nu știu de ce, dar am impresia că și parfumul ei parcă s-a intensificat.

— Ce vrei să bem?

— Mă gândesc la niște shoturi, aș vrea să mă împrospătez.

Să se împrospăteze? bâigui în minte.

Katia și Olga sunt la bar, stau la rând. Fetele ies acum din piscină, iar câțiva bărbați se ocupă de ele. Noi privim stupefiate toată scena în care unul dintre ei o șterge cu un prosop negru pe Katerina. Alunecă ușor de pe talie spre fund, iar aceasta când simte mângâierea, închide ochii și suspină. Noi încă privim înmărmurite peisajul pe care Lara, Katerina și Tania îl alcătuiesc. Deși sunt bronzate, pe lângă cei trei masculi cafenii în călduri, ele par a avea pielea de culoarea laptelui. Se unduiesc și zâmbesc de parcă orice atingere ar provoca în corpul lor senzații imense.

După ce dezmierdatul este finalizat, fetele își trag pe ele rochițele sexy aruncate pe jos, apoi, ca într-un dans al gazelelor satisfăcute, vin spre noi. Cei trei se unesc, iar pe la spatele lor, încep să discute și să facă gesturi mulțumitoare.

Când ajung lângă noi, cercetează cu privirea mai întâi grimasele noastre, iar când întâlnesc ochii Katiei, încep să râdă.

— Cum a fost ciocolata, Katerina? o întreabă Katia pe un ton ironic, dar și amuzant în același timp.

— Cum să fie? Fină la atingere, la gust încă nu am ajuns.

— „Încă"? întreabă Lara surprinsă de răspunsul ei.

— Da, Lara, „încă", își completează sora mai mare, Tania. Ce femeie nu și-ar dori să afle ce gust are o asemenea ciocolată amăruie. Mmmm...

Acum suntem toate la bar. Eu cu Kisa ne-am apropiat destul de mult. Katia cu Olga sunt chiar în fața barului, comandă pentru toate câte două rânduri de shoturi, iar Katerina, Tania și Ingrid dezbat problema „gustului".

— Eu zic să stai cuminte, Tania! o avertizează Lara destul de autoritar.

— Îți promit! Și apoi mustăcește ca și cum abia așteaptă să pună mâna pe unul dintre masculii care încă privesc după ele.

Kisa tace și doar analizează. Observ că are ochii fixați pe unul care pare a fi mai solitar. Are în mână un pahar cu whisky, este înalt, foarte spicuit și atrăgător. Poartă o cămașă albă și o pereche de pantaloni roșii, lungi, iar când privește parcă hipnotizează. O ciocolată cu lapte ai căror ochi albaștri parcă trec dincolo de suflet. Părul negru și foarte creț cere mângâiat, iar Kisa când îl privește parcă deja îi alintă cârlionții rebeli.

— Tare mi-aș dori să aflu cum se numește, îmi spune ea în timp ce-și soarbe băutura cu paiul și după ce realizează că mi-am dat seama cum îl privește.

— După cum te uiți la el, parcă și eu mi-aș dori.

— Cere iubit bărbatul ăsta, zice Kisa suspinând și parcă, după cele două rânduri de shoturi băute, bărbia a început să îi tremure.

— Oare și noi cerem la cât de insistent îl privim?

— Nu mă interesează, vreau să-l simt. Adaugă ea excitată.

Fetele au început să danseze pe muzica R&B care atât de frumos unduiește sufletele. Închid ochii, îi deschid și realizez că sunt cuprinsă de o stare intensă de satisfacție. Ne simțim atât de bine, iar dansul nostru emană atâta pasiune încât nu știu cum de corpurile noastre încă mai rezistă.

Piscina este în mijloc, înconjurată de oameni de culoare, cei mai mulți. Puțini, spre deloc, cei care se aseamănă cu noi. Barul este în partea dreaptă cum am intrat, iar într-un colţ al lui, un grup mai mare de bărbaţi şi femei îşi întreţin atmosfera cu dansuri pe care doar în filme le-am mai văzut. Agitaţia de acolo ne acaparează atenţia, iar noi încercăm să ne apropiem puţin câte puţin. Kisa face paşii mai mari, iar deodată o văd foarte apropiată de bărbatul pe care de o jumătate de oră îl urmăreşte.

— Mă urmăreşti? o întreabă el într-o limbă diferită.

— *Yes!* răspunde ea direct în timp îi ce zâmbeşte.

— Şi crezi că un bărbat urmărit de o femeie va avea de câştigat sau de pierdut? întreabă seducător mulatrul.

— Depinde, în cazul nostru... şi imediat întinde mâna spre mine să mă tragă spre ea.

— În cazul nostru... cu două femei şi un bărbat tu ce ai zice?

Încă serios, fără să schiţeze un zâmbet foarte larg mă analizează întâi pe mine, apoi pe ea. Se întoarce un pas înapoi, îşi pune mâna la gură, apleacă capul într-o parte, iar apoi afirmă.

— Aş zice că nu... aş... avea nimic de pierdut.

— Asta dacă nu îţi este frică de noi.

Fetele sunt în faţa noastră. Katia când aude ce conversaţie impertinentă şi directă întreţinem cu *mister love*, se întoarce și se încruntă. Eu îi fac semn că totul este ok, apoi revin la discuție.

— Ți-ai dori să fiu directă cu tine? Sau ai prefera să mai flirtăm puțin?

— Indiferent de decizia pe care o luați eu sunt mulțumit. Observ că sunteți destul de îndrăznețe și că în vacanța aceasta vă doriți distracție.

— Cine nu își dorește distracție în vacanță? afirm eu, iar în timpul acesta realizez că stâlcesc cuvintele.

— Eu, de exemplu! Am venit doar să mă relaxez. Am un job foarte solicitant și m-am gândit că aici aș putea să mă relaxez.

Într-un club cu muzică, noaptea până târziu? repet eu în gând.

Kisa îl aprobă și îi zâmbește pisicește. Adulmec pe buzele și în privirea ei excitarea și intuiesc fraza pe care-și dorește să i-o zică: „Dacă îmi dai voie să te relaxez eu, promit că nu ai să regreți niciodată vacanța aceasta"

— Și noi am venit să ne relaxăm, dar cred că într-un mod diferit de al tău. Îi transmite Kisa zâmbitoare.

— Posibil să ne sincronizăm, completează el după ce ne trântește un zâmbet senzațional.

Prietena mea își mușcă buza de jos, iar mie nu-mi rămâne decât să înghit în sec.

— Sunteţi ca două pupeze în călduri, se întoarce Katia şi ne atenţionează pe un ton răspicat.

— Ştim, nu îţi place de noi?

Profităm de faptul că el nu înţelege ce discutăm cu Katia.

— Draga mea colegă, stai fără grijă. Eu şi cu Svetlana vom merge undeva cu bărbatul acesta, iar tu trebuie să fii liniştită.

— Ce? Să plecaţi cu un străin?

— Da, presimt că va fi o partidă bună, adaugă ea destul de înfiptă.

Îmi priveşte ochii ca şi cum mi-ar arunca ace asupra lor. Îşi ţuguie buzele, apoi se întoarce brusc, foarte supărată.

— Te rog să nu fii supărată. Mă apropii de ea, îi strâng talia pe la spate, apoi o sărut liniştitor pe gât.

— Vreau să ai telefonul lângă tine, iar în orice moment dacă te sun să-mi răspunzi. Dacă nu-mi răspunzi voi suna la poliţie şi te voi da dispărută şi răpită de animalul acesta teribil de pervers şi... mmmm... mmmm... al naibii de sexy.

O strâng în braţe şi apoi încerc s-o calmez cu un dans senzual despre care doar noi două ştim.

— A fost o noapte formidabilă! Cred că niciodată nu m-am distrat aşa cum m-am distrat acum.

— Şi pentru mine a fost la fel. M-am simţit formidabil!

— Şi pentru tine încă nu s-a terminat, adaugă ea...

Încă dansăm şi ne îmbrăţişăm, iubim libertatea şi starea relaxantă care se află prezentă în corpurile şi mintea noastră.

— Te rog să ai grijă de tine. Ştiu că îţi doreşti această escapadă, iar eu îţi respect dorinţa. Te iubesc indiferent de ce se întâmplă, apoi mă sărută.

— Şi eu te iubesc!

Între timp Kisa a avut grijă să întreţină legătura cu Jack, bărbatul deţinător de ochi albaştri. A discutat cu el ce vom face după ce plecăm de aici şi au căzut de acord că vom merge în camera lui de hotel să mai bem câte ceva. Fetele au discutat că vor mai rămâne. Katerina şi Tania erau deja sustrase într-o conversaţie foarte profundă cu doi dintre cei care au avut grijă de ele la ieşirea din piscină. Katia, foarte serioasă, dansa, iar uneori, cu coada ochiului avea grijă ca restul fetelor să fie în regulă. Ingrid, Olga şi Lara s-au mai băgat încă o dată în piscină după ce următoarele două rânduri de shoturi le-au accentuat starea euforică.

*

Chiloții Kisei sunt pe jos, iar fusta neagră încă acoperă din incertitudini. Dansează și-mi oferă mie și lui Jack un ansamblu de mișcări lente și ritmate. Eu îi țin companie bărbatului pe canapeaua din camera de hotel, cu un pahar de vin în mână. Îmi mișc picioarele pe ritmul muzicii puse de el și încerc să mă relaxez. În anumite momente simt o senzație de disconfort, dar când o privesc pe Kisa, mă liniștesc. Atmosfera începe să se încingă rapid, iar Jack se ridică excitat de pe canapea să o acompanieze pe Kisa. Încep să se sărute cu patimă. Buzele cărnoase o fac pe Kisa să geamă, iar mâinile care se plimbă peste corpul ei simt cum o excită. Are ochii închiși, iar din când în când îmi face semn să mă apropii. Eu rămân liniștită pe canapea. Am senzația că încep să mă ud, dar plăcerea pe care o am acum, privindu-i, mă mulțumește. Corpul ei mic și subțire pe lângă trupul lui cu mușchii bine definiți și pielea creolă îmi stimulează mintea într-un mod plăcut. Îi observ organul tare prin pantaloni, iar în momentul acesta inima începe să-mi bată tare. Kisa i-l masează și parcă cuprinsă de curiozitate, cu o rapiditate concisă, se apleacă și îi dă pantalonii jos. Când observă membrul erect și măiestria cu care el se prezintă în fața ei, schițează o grimasă subtilă, apoi începe să-l mângâie. Mă mușc de buze și îndrăznesc să îmi ridic trupul teribil de excitat de pe canapea pentru a o acompania pe Kisa, dar într-un moment neprielnic, aud că-mi sună telefonul. Mă întorc și urmărită de vorbele Katiei, sunt nevoită să răspund.

— Ești excitată și acum urmează să faceți sex?

— Katia, ce faci?

— Te-am sunat să-ți zic că te-am urmărit și suntem jos, în fața hotelului, vă așteptăm să coborâți acum!

Kisa o aude pe Katia cum țipă și așa, împătimită, extrem de excitată și concentrată cum era asupra membrului extrem de fioros și lacom după vaginul ei, începe să râdă când realizează cât de agitată este.

— Katia, lasă-mă să fac sex, apoi cobor!

— Mai bine faci sex singură, decât să te las cu individul...

— Ești geloasă? o întrerup nervoasă.

— Dacă nu cobori voi suna încontinuu, așa că vă rog să coborâți, acum! Îmbrăcați-vă și haideți! Suntem toate jos și vă așteptăm! Simt în vocea ei panică accentuată. Cred că puțin și din cauza alcoolului.

Jack nu înțelege ce se întâmplă, iar Kisa în timp ce se îmbracă, are grijă să obțină câteva informații de la el: număr de telefon, adresa de e-mail, cât poartă la slip etc. Apoi îl părăsim cu părere de rău. După ce închidem uşa, Kisa are o criză de râs şi tot îmi arată cu mâinile cât de mare o avea. Cu greu reuşim să coborâm scările, ajungem în faţa hotelului, acolo unde fetele ne aşteaptă, iar la vederea lor, şi mai tare începe să râdă. Toate se uită la ea fără să înţeleagă ce se întâmplă. Presupun că s-ar fi aşteptat să coboare supărată, nu atât de veselă. Afară este zi, iar până se dezmeticeşte Kisa, reuşesc să scot telefonul din geantă şi să aflu stupefiată că este ora şapte şi jumătate dimineaţa.

— Ce se întâmplă cu ea? A tras pe nas? A încercat să vă violeze? mă întreabă Lara extrem de grijulie.

Printre râs cu plâns ea încearcă să se liniştească şi apoi să ne explice de ce râde atât de tare.

— Viol ca viol, nu cred că se plângea niciuna dintre noi dacă ar fi avut norocul să ne penetreze, dar, în loc de două, el avea trei.

— Ce? întreabă Olga debusolată.

Toate încep să râdă şi mai tare, iar de la balcoanele hotelului încep să iasă oamenii şi să strige după noi.

— Kisa, avea trei testicule? o întreb uimită, eu chiar nu am reuşit să observ.

— Da!!! Şi apoi, cu gura până la urechi, începem toate să râdem zgomotos, exagerat de zgomotos. Hotărâm să ne deplasăm din faţa hotelului, pentru că toată hărmălaia pe care am format-o atrage şi deranjează oamenii care probabil la ora asta şi-ar fi dorit să doarmă. Ne hotărâm şi noi, după toată criza de râs încheiată, să comandăm taxi, iar apoi să mergem la apartament să ne odihnim. Încă cuprinse de efectul alcoolului Katerina şi Lara nu se opresc din a ne ironiza pe mine şi pe Kisa. Ajunse în apartament, Katia mulţumeşte lui Dumnezeu că am ajuns toate întregi acasă, se spală pe dinţi şi pe faţă, apoi merge la somn. Dormim fiecare cum apucăm, fără mofturi sau alegeri, pentru că oboseala care s-a aşternut peste corpurile noastre nu mai ţine cont de reguli.

Capitolul 8

De unde își iau oamenii putere atunci când sunt triști?
Din amintiri...
Katia

— Mi-e dor! Îmi este foarte dor, Svetlana!

— Ştiu, simt asta, Katia! Te simt distantă şi faţă de mine. De când am ajuns aici îmi doresc să te întreb ce se întâmplă cu tine, dar am preferat să-mi spui tu.

— Dorul de timp. Simt că ceva îmi lipseşte mai mult ca niciodată. Mă simt goală. Simt că am nevoie ca cineva să-mi acopere golul pe care-l port în mine.

Ne aflăm pe plajă, încă suntem obosite şi moleşite. Povestim cu tâlc despre ce s-a întâmplat în noaptea care tocmai a trecut. Suntem toate aşezate pe şezlonguri. O linie de opt trupuri extenuate şi leneşe. Ne aflăm în grija soarelui şi a mării, iar toate frământările ni le închinăm lor acum. Mă gândesc cât de profund mi-a schimbat alcoolul mintea, aseară, iar Svetlana şi Kisa cât de curajoase au devenit, apoi completez Svetlanei răspunsul dilemelor care se luptă în mintea ei.

— Trăiesc ceva ce nu am mai trăit. Nu ştiu pe cine iubesc şi de cine sunt îndrăgostită. Cert este că unul dintre ei doi îmi lipseşte, iar eu nu mă pot hotărî care mai mult.

— Aş putea să te consolez pentru că, după cum ştii, şi eu am fost încercată de sentimente asemănătoare.

— Da, chiar m-am gândit, iar acum că sunt lângă tine simt că tu ai puterea să mă completezi.

Mă bucur că ai reuşit să mă ierţi, Sveta. Cred că, dacă nu m-ai fi iertat pentru tot răul pe care ţi l-am făcut, aş fi murit.

— Ce prostii vorbeşti, Katia? Ce se întâmplă cu tine?

— Uite, se întâmplă ca iubirea să mă dezorienteze, chiar pe mine, cea care am crezut mereu că în faţa ei pot fi stană de piatră.

— Mi-aş dori să te bucuri de vacanţa aceasta.

— Mă bucur foarte mult, chiar aveam nevoie de ea. Iar acum, că-mi închin toate amintirile, în liniştea mării, realizez că nu este uşor aşa.

— Aşa cum? o întreb îngrijorată, îmi întind mâna şi o cuprind strâns pe a ei.

— Fără să ştiu pe cine să aleg. Trăiesc în sânul unor iubiri diferite. Te iubesc pe tine, îl respect pe Artur şi simt un dor ciudat pentru...

— Roderik...

Mă priveşte în ochi ca şi cum de acolo şi-ar dori foarte tare să obţină răspunsuri.

— Pe tine nu te pot minţi, Svetlana. Niciodată! Orice s-ar întâmpla, tu vei afla mereu ce se întâmplă cu mine, chiar dacă...

— Chiar dacă ce, Katia?

— Chiar dacă nu vom mai fi împreună.

— Dar nu este ca şi cum noi două am forma un cuplu, mă completează puţin crispată, dar liniştită în acelaşi timp.

— Știu, dar iubirea mea față de tine mă obligă să-ți mărturisesc ceea ce simt. Nu te iubesc ca o soră, nici ca o prietenă, te iubesc așa cum iubește o femeie jumătatea ei, cu totul. De când m-ai iertat și am început iarăși să aparținem una alteia, m-am schimbat. Râd mai mult, sunt fericită când sunt tine.

— Dar nu completă!

— Da...

— Nu te condamn, iubita mea, pentru că același sentiment mă urmărește și pe mine. Dorul pe care îl port eu pentru Marcus a devenit ca un accesoriu de care eu nu mă pot lipsi. Ca o durere cu care te obișnuiești...

— Te admir teribil de mult și ești un exemplu pentru mine. Deși din cauza mea ai ajuns în starea aceasta.

— Nu din cauza ta, Katia. Din cauza mea, pentru că am iubit viața mai mult decât pe el. Am fost egoistă și am crezut că o partidă cu un necunoscut mă va împlini. A fost un moment pe care eu mi l-am dorit să-l trăiesc. Așa a fost să fie, să iubesc și să devin incapabilă în a-mi gestiona sentimentele. Cred că fiecare avem dreptul în viață să greșim și să fim iertați.

Intervine tăcerea pentru câteva minute. Amândouă stăm pe burtă, șezlongul adăpostește trupurile extenuate, iar noi, iarăși am venit în fața mării să-i cerem explicații. Iar ea își dă tot interesul. Sticlesc în largul ei răspunsuri, iar eu bănuiesc că aș putea să le înțeleg. Meditez la mine în liniște, iar în ultimul timp cred că m-am gândit la ceea ce sunt și ce voi face mai mult decât am făcut-o în ultimii douăzeci și opt de ani. Mă gândesc să fac schimbări serioase, poate chiar să renunț la tot ce am fost până acum. Pentru ce? Pentru liniște. Simt că am nevoie de liniște și să fiu înconjurată de iubire, iar privind marea îi realizez frumusețea așa, privind-o cât de liniștită este. Așa mi-aș dori să fiu și eu: liniștită, uneori vehementă. Să-mi îndeplinesc atribuțiile de femeie, așa cum ea și le respectă față de cer.

— La ce oră avem avionul mâine dimineață? mă întreabă Svetlana.

— La opt. Trebuie să ne trezim devreme. Îi răspund ferm, iar în momentul acesta simt cum inima începe să bată mai tare decât de obicei. Un sentiment de neliniște mă scormonește pe interior, exact ca atunci când mori de nerăbdare să întâlnești pe cineva, iar când îl vezi, ai impresia că tot corpul ți se înmoaie. Dau vina pe căldură și pe oboseală, urmată de mahmureală. Simt că mi se face foame, iar apoi, ca și cum aș comunica prin telepatie cu celelalte fete, le aud cum își exprimă dorința:

— Am auzit că este un restaurant renumit

unde am putea mânca fructe de mare. Se află pe plajă.

Este ora cinci, iar Ingrid, înfometată fiind, s-a apucat să caute cu fetele un loc frumos unde să servim cina. Încă suntem pe plajă și profităm la maxim de soare.

— O alegere foarte bună, Ingrid. Chiar îmi doresc să mănânc o porție bună de fructe de mare. Aici sunt convinsă că sunt proaspete și foarte bine preparate. Îi răspund cu gândul la o farfurie cu miros imbatabil.

— Am citit recenzii foarte bune despre restaurant. Iar de când le-am citit parcă a început să mi se facă foame. Spune bruneta cu ochi măslinii aproape adormită. Poartă un costum de baie negru din două piese. Stă pe burtă cu telefonul în mână. Are pe cap o pălărie de soare, iar după ce îi privesc trupul zvelt în bătaia soarelui, îmi amintesc cât de bucuroasă a fost când am anunțat-o că vreau să mergem într-o excursie. Sunt prietenă cu ea de mult timp. Un vulcan gata să explodeze în orice moment... o pasiune și un vârtej capabil să spulbere mințile și sufletele celor din jur. Administrează o cofetărie, iar locul pe care l-a alcătuit îi vine mănușă.

Kisa doarme, probabil este încă extenuată după „partida" bună de râs pe care i-a oferit-o bărbatul cunoscut azi–noapte. Colegă de serviciu, o femeie de douăzeci şi cinci de ani care, deşi îşi ascunde tacticos din sentimente, de mine nu poate fugi pentru că fiecare licărire a ochilor ei îmi vorbeşte. Iubeşte viaţa şi bărbaţii, poate mai mult decât îşi imaginează ea. Uneori, când o privesc, mă gândesc că ar putea să mă iubească şi pe mine.

După petrecerea de aseară, care pe toate ne-a înălţat dincolo de stele, Svetlana s-a acomodat cu fetele. Acum toate suntem prietene foarte apropiate şi am început să ne înţelegem de parcă ne cunoaştem de o viaţă.

*

M-am încălţat comod, iar rochiţa vaporoasă pe care mi-am luat-o mă ajută să-mi simt corpul uşor. Vântul adie molcom, iar seara aceasta se potriveşte perfect cu starea noastră. Restaurantul de pe plajă şi peisajul oferit de mare ne ajută pe toate să fim relaxate. Am comandat o sticlă de vin şi mâncarea preferată. Zâmbim şi depănăm amintiri, iar când o facem parcă prindem curaj. Suntem mândre şi fericite când povestim, chiar norocoase pot spune, pentru că petrecerea pe care am trăit-o împreună va dăinui în amintirile noastre o veşnicie.

— Vă mulţumesc fetelor pentru seara minunată pe care am avut-o și îmi pare nespus de rău că totul se termină atât de repede! transmit cu emoție celor șapte femei care stau în jurul mesei rotunde.

— Se termină, dar amintirea cu care noi rămânem este splendidă. Completează Svetlana cu zâmbetul larg pe buze.

— Mă bucur foarte mult că am ajuns să ne cunoaștem. Tare mi-aș dori ca totul să nu se termine aici, spune Lara melancolică.

— Da, ar fi frumos ca, din când în când, să mai avem parte de momente ca acestea. Sunt ca un medicament pentru corp și suflet, adaugă Katerina însuflețită.

Suntem așezate la o masă rotundă, obosite, dar fericite. Observ asta pe chipul fiecăreia. Zâmbesc, iar sclipirea din ochii lor îmi demonstrează că a fost un weekend care va rămâne viu în inimile noastre pentru mult timp. O imagine pe care atunci când ne-o amintim va crește în corpul nostru nivelul de energie și emoție la maxim. Până la urmă cred că sufletele oamenilor sunt alcătuite din clipe.

Am hotărât să ne băgăm în pat mai devreme. După ce ne-am mai plimbat puțin prin stațiune și am admirat extazul, și agitația care bântuie prin ea, am preferat să mergem în apartament pentru a ne odihni. Oboseala plus fericirea care ne ocupă corpul a făcut ca în acest moment pur și simplu să cedăm. O tristețe ne învelește mintea, dar bucuria că am trăit aceste momente minunate completează toată părerea de rău.

*

Agitația aeroportului reușește să mă dezmeticească. Încă simt că sunt obosită și melancolică. Mă așteaptă o săptămână grea în care voi fi nevoită să mă acomodez din nou cu stresul cotidian. Ne târâm bagajele ca și cum în ele am aruncat tristețea, ca și cum nu le suportăm deloc și mai bine ne-am descotorosi de ele. Îmi doresc ca zborul să fie unul liniștit, să privesc de pe geam norii și toate amintirile. Fetele țin în mână câte un pahar cu cafea. Mă doare suferința lor și regretul că trebuie să plecăm, dar ne împăcăm cu gândul că de acum înainte vom organiza mai des astfel de întâlniri.

Umblu bezmetică pe culoarele aeroportului și uit să stau apropiată de fete. Privesc după oamenii care vin și pleacă, rătăcesc prin magazine, fac cumpărături fără niciun rost. Nu știu ce caut sau dacă mă caut pe mine, sperând ca într-un loc mic să mă regăsesc. Miros parfumurile de pe rafturi și sper ca unul nou, unul nemaiîntâlnit de mine, să mă ajute să-mi recapăt echilibrul. Ce prostie! exclam în gând, am ajuns să mă caut în lucruri. Apoi mă întorc brusc şi fără să fiu atentă mă izbesc de un zid. Unul cunoscut. Un zid cu suflet şi ochi, cu mâini şi picioare, care vorbeşte şi care ar putea să mă facă să leşin în orice moment. Atât de profundă a fost izbitura.

— Katia?

Da, stâlpul puternic de care tocmai m-am izbit vorbeşte. Mi se adevereşte gândul, iar eu chiar nu am înnebunit. Îi privesc ochii atentă, corpul, mâinile şi părul pentru a mă asigura că nu sufăr de demenţă. Oare care sunt şansele să-ţi întâlneşti o parte din trecut într-un aeroport. Un oarecare aeroport din lumea aceasta. Îmi vine să îl strâng de ceva, să-i dau o palmă. Îmi doresc să ţipe pentru a-mi confirma vedenia. Nu zic nimic vreme de câteva secunde. Ţin geanta strâns în mână de frică să nu o scap.

— Katia, mă auzi? Şi începe să-mi facă cu mâna prin faţa ochilor, semn că şi-ar dori să mă trezească.

— Da! răspund debusolată.

— Ce cauţi aici?

— Mă întorc din vacanţă, îi răspund asemenea unui robot.

— Ce coincidenţă! Şi eu.

— Şi tu? De unde vii?

— De unde ne-am întâlnit prima dată, Katia. Ai uitat?

— Nu, nu am uitat. Cum aş putea să uit?
— Şi te-ai întors aici?
— Da, aici locuiesc eu.
— Aici, fix aici? Pe insula asta?
— Da, fix aici.

Îmi vine să râd, dar să şi leşin în acelaşi timp. Nu ştiu cum să reacţionez sau ce să fac.

Parfumul lui mă transpune într-o altă lume, străină de a mea. O lume liniştită.

Îmi vine în gând că aş putea să pierd avionul dacă mai stau mult să-l privesc aşa, iar în secunda următoare sărutul pe care mi-l oferă în văzul tuturor trecătorilor mă forţează să-mi eschivez cugetările de energii negative. Un sărut care îmi înmoaie genunchii şi, în mod natural, aproape că mă face să plutesc. Aş putea să-l compar pe acesta cu cel mai scump drog, spre mâhnirea tuturor vânzătorilor de aceste stupefiante. Aş putea să-mi iau acest gest drept calmant, să mi-l port ca pe cel mai frumos zâmbet pe care nu voiesc să-l pierd, niciodată. Mi-aş dori ca această imagine întipărită până şi în cele mai adânci amintiri să o păstrez lesne, fără ca nicio preocupare greoaie a vieţii să mi-o fure.

— Foarte dor mi-a fost de tine, Katia! Chiar nu am reuşit să te uit nicio secundă, deşi am încercat. Ştiu că m-ai rugat să nu te mai caut pentru că ai considerat că eu te bulversez... că ai o relaţie care te echilibrează și te face mai docilă, dar uite, draga mea, ce facem cu momentul acesta? Îmi doresc să vii cu mine.

— Să vin cu tine? Ai luat-o razna, Roderik?

— Nu, chiar deloc! Gândește-te care ar fi putut să fie șansele ca noi doi să ne întâlnim întâmplător, aici?

— Bănuiesc că spre zero la sută.

— Da, așa bănuiesc și eu. Iar dintr-un moment în altul speram ca întoarcerea mea aici să mă ajute să te uit. Am făcut dragoste și sex sălbatic în ziua respectivă, știu. Dar acea zi nu a însemnat doar atât, nu.

— Șhht! Știu ce a însemnat! Apoi îi acopăr buzele cu degetul arătător.

— Atunci, dacă știi, te rog, vino cu mine! Vreau să mă satur de tine, vreau să te respir și să mă inspiri. Dar nu mai pot, nu pot să trăiesc cu gândul că niște sentimente atât de puternice ar putea să se epuizeze din cauza orgoliului.

— Katia, pierdem avionul, vine Svetlana să îmi zică. Privirea ei este schimbată. Pe chip i se așterne o durere cruntă, iar ochii îi sunt în lacrimi.

Eu o privesc străin, ca și cum ar fi venit să mă insulte. Mă uit profund la ea, apoi la el. Roderik o salută respectuos, iar apoi își mută ochii teribili de sinceri asupra mea.

— Te rog să mă laşi două minute cu Svetlana.

Îmi respectă decizia, dar înainte de asta mă ţine de mână şi spune:

— Aici sunt!

Cuprind chipul Svetlanei în mâini, iar ea când îmi simte căldura palmelor începe să plângă.

Mă încearcă o stare teribil de sensibilă şi oricât de mult îmi doresc să opresc ceea ce ea îmi dictează să fac, nu pot. Încep să-mi curgă peste obraz şuvoaie de lacrimi.

— Iarăşi pleci, iarăşi mă părăseşti!?

— Svetlana, am nevoie de linişte.

Expresia feţei ei începe să se schimbe de la o clipă la alta. Se aşterne pe ea spaima, iar lacrimile care o udă mă fac să sufăr cumplit.

— Ştiu, ştiu că ai nevoie, dar nu vreau să te pierd.

— Nimic din ce avem noi două nu se va pierde.

O iau în braţe şi-mi lipesc corpul de al ei. Nu ştiu dacă este ultima dată când ne vedem, nu îi pot promite că ne vom mai vedea pentru că nu vreau să o mint.

— Crezi că ne vom mai vedea vreodată? mă întreabă într-un moment în care reuşeşte să se calmeze.

— Nu ştiu! îi spun în timp ce o privesc în ochi.

— Am știut eu. Am simțit că îți dorești să faci modificări colosale în viață.

— Tu ai știut, dar eu nu.

— Ba da, știai. Îmi spune în timp ce își șterge lacrimile.

— Te iubesc, Katia! Ce voi face cu iubirea acesta? Unde să o pun? Ce nume să îi dau dacă tu mă părăsești?

— Marcus. Îi răspund lin, păstrând contactul vizual.

Un moment de tăcere se așterne între noi. Ne luăm în brațe și începem din nou să plângem. Durerea este cruntă, dar parcă simt că în acest mod ne eliberăm. Suntem două păsări care probabil acum și-au găsit libertatea. Doare, doare teribil să părăsești pe cineva, dar iubirea noastră ne va ucide încet. Pentru că este o iubire acerbă care nu ne dă voie să fim libere. Suntem prea legate una de alta.

— Și eu te iubesc, Svetlana. O iubire diabolică pot spune.

— Ai să mă uiți vreodată? mă întreabă cuprinsă de o stare cruntă de tristețe. Mi-aș dori să o pot liniști într-un fel, dar și suferința ei, și suferința mea cred că locuiesc pe același piedestal.

— Dacă am să te uit? Ce prostii vorbești, Svetlana? Ești tatuajul meu!

— Este cumplit să te pierd, Katia! Acum un

an, când te-am pierdut, nu am suferit atât de mult pentru că am știut că te voi întâlni iarăși.

— Svetlana, eu sunt mulțumită că m-ai iertat. Nu aș fi putut trăi cu sentimentul că mă urăști.

— Nu cred că aș putea vreodată să te urăsc și nici să te uit. Să fii fericită, te rog...

— Și tu! Ai grijă de sufletul tău și caută-ți liniștea interioară.

— Dacă aș fi știut că te voi pierde aici, într-un loc ca acesta...

— Da, într-un loc ca acesta, de unde mulți își iau zborul. O întrerup sinceră...

— Acesta a fost ultimul nostru zbor împreună. De acum suntem libere. Zboară cât de sus reușești și ține-ți iubirea de mână, pentru că oricât de mult eu te-aș împlini nu te pot completa așa cum o face Marcus.

— Zboară și fii fericită! Meriți asta. Știu că la momentul acesta niciuna dintre noi nu s-a așteptat, dar eu mereu m-am gândit că am devenit mult prea dependente una de alta.

— Să fiu dependentă de tine a fost cea mai frumoasă experiență din viața mea.

— Acum, că viața m-a izbit de un paravan și că m-a trezit la realitate, simt că ne putem rupe.

— Tu simți asta, Katia! Eu nu, pe mine mă doare cumplit decizia ta. Îți dorești să te eschivezi de tot...

— Da, vreau să mă eschivez de tot pentru o bucăţică de linişte. Te rog permite-mi asta şi rămâi împăcată cu sentimentul că iubirea pe care o avem una faţă de alta ne face rău.

— Nu ştiu când ai luat deciziile astea, dar eu nicio secundă nu am simţit asta.

— Nu ai simţit pentru că te-ai lăsat cuprinsă de sentimente mai mult decât de conştiinţă.

Plânge în hohote, iar eu hotărăsc că trebuie să plec. Cuvintele accentuează prea tare starea.

— Te rog să pleci, Svetlana, vei pierde avionul.

— Atât de uşor? Atât de uşor mă alungi? Ca şi cum nu m-ai fi cunoscut niciodată? Ochii i s-au umplut de lacrimi, iar durerea de pe chip simt că nu pot să o mai văd.

Îmi rup corpul de al ei, iar atunci când ruptura intervine, simt că mi se produce o rană. Mă depărtez de ea cinci paşi, iar la al şaselea sare în braţele mele.

— Nu vreau să te uit!

— Să nu mă uiţi, pentru că nici eu nu te voi uita.

Două păsări călătoare sunt gata de zbor. Am fost una stăpâna celeilalte. Am învăţat una de la alta să ne iubim şi să ne ocrotim. Ne-am fost un mister, o creaţie a celui mai iscusit artist, obsesie şi patimă.

Ultima îmbrăţişare o voi purta în amintirea mea mereu, pentru că, femeie, ce ai făcut cu sufletul meu îmi doresc ca niciun alt suflet să nu o facă.

— Zboară!

— Sfârşit —

Sunt în apartamentul meu. În același oraș de unde am plecat mereu și unde m-am întors. Este seară și tocmai m-am am venit de la noul meu serviciu. Am luat din cutia poștală plicurile cu facturi, iar printre ele, unul mai diferit decât restul iese în evidență. Îl privesc timp de două minute și parcă îmi este frică să îl deschid.

Dragă Svetlana,

Știu că a trecut mult timp de când nu mai știi nimic de mine și că despărțirea pe care am avut-o a fost una neașteptată. De cinci luni trăiesc o viață diferită. M-am apucat de scris un nou roman care se va numi „Ultimul Zbor". Îți scriu această scrisoare plină de emoție și dor, iar prin intermediul ei îmi doresc să te anunț că va fi continuarea poveștii noastre. Împreună cu Roderik am alcătuit o poveste de iubire pe care eu nu am crezut vreodată că o voi trăi. Sunt liberă și fericită alături de el. Roderik m-a ajutat să-mi transfer jobul din țara noastră, aici. Sunt înconjurată de oameni buni și amabili, iar ceea ce trăiesc acum sper să te liniștească. După ce m-am stabilit cu Roderik aici, am aflat că locul în care am mers și ne-am distrat împreună cu fetele era conceput tot de el. Vezi, Svetlana? Acum în toate locurile în care merg alături de bărbatul pe care împreună l-am cunos-

cut la mare și tu ești acolo, exact ca un tatuaj pe care, apropo, deja mi l-am făcut existent pe piele. O pasăre frumoasă va fi mereu tatuată pe mâna mea. Mică și firavă ca tine, chiar la încheietură, să te pot vedea. Când te privesc în timpul zilei, zâmbesc. Te-am numit „Colibri" – cea mai deosebită și puternică pasăre în ciuda corpului ei foarte mic.

Lucrez mult la noul meu roman și la editură, duc o viață așa cum mi-am dorit. Un echilibru pe care mereu l-am căutat.

Știu că ești bine și că tu cu Kisa ați legat o relație de prietenie foarte strânsă. Mi-a povestit că Marcus s-a întors în oraș și că ați început să vă vedeți din când în când. Nici nu m-aș fi gândit altfel. Între voi este genul acela de iubire epică, tu ești marea lui iubire, iar el pentru tine la fel. Știu că s-au întâmplat multe între voi și că uneori tot ce ați construit împreună părea imposibil de recuperat. Dar sunt sigură că în adâncul sufletelor voastre pereche știți că destinul o să vă aducă din nou împreună, pot să pariez asta.

Kisa mi-a zis că despărțirea noastră te-a durut și că mult timp ai fost tristă. De multe ori am vrut să te sun cu speranța că te voi liniști, dar îți cunosc încăpățânarea, așa că am preferat să te las. Îți trimit scrisoarea aceasta pentru că mă simt datoare față de tine. Nu cu lămuriri în privința despărțirii noastre, ci să-ți explic cât bine mi-a făcut faptul că am renunțat la o obsesie. Tu ai fost obsesia mea, o obsesie frumoasă, dar pe care uneori o simțeam că mă obosește. Am trăit o iubire strânsă, iar de multe ori deveneam geloasă pe oricine încerca să te atingă. Am ascuns bine lucrul acesta pentru că nu-mi doream să te sperii. Așa am hotărât că cel mai bine ar fi ca fiecare să-și întrețină zborul separat, pentru că tot ce alcătuiam noi împreună, ar fi putut să ne ucidă.

Nu te voi uita niciodată
Katia,

Țigara mocnește, iar foaia pe care o țin în mână îmi cotrobăie interiorul. Rândurile scrise mă dor sau nu, asta este, încerc să accept realitatea. Cu gândul la emoția pe care ea mi-a transmis-o prin această scrisoare mă hotărăsc să îi scriu și eu una. Ce îi voi scrie nu știu. Caut o hârtie A4 și un stilou, încerc să mă fac confortabilă la birou și să gândesc mesajul pe care-mi doresc să i-l transmit. Sunt multe de zis, dar...

Dragă Katia,
...

Amantele trecutului - Ultimul Zbor
Alexandra Gheorghe.
Timișoara: Stylished 2018
ISBN: 978-606-94670-5-3

Editura STYLISHED
Timișoara, Județul Timiș
Calea Martirilor 1989, nr. 51/27
Tel.: (+40)727.07.49.48
www.stylishedbooks.ro

Ilustrații grafice: Claudia Feti

Tipar: Artprint București